COLLECTION FOLIO

Louis Calaferte

Rosa mystica

Denoël

Louis Calaferte est né le 14 juillet 1928. Après une expérience directe de la vie, il publie son premier livre, *Requiem des innocents*, en 1952, puis, l'année suivante, *Partage des vivants*. Il consacre alors quatre ans à la rédaction de *Septentrion*, fresque autobiographique destinée à rendre compte de ses expériences passées et à dessiner l'avenir de ses options intellectuelles et spirituelles. En raison de sa nature, l'ouvrage a été condamné et ce n'est que vingt ans plus tard qu'il sera réédité chez Denoël, en 1984. Après un silence de cinq ans (1963-1968), Louis Calaferte recommence à publier un récit, *Rosa mystica*, et un recueil de textes, *Satori*. Il est l'auteur d'une soixantaine de volumes, récits, nouvelles, poésie, théâtre, carnets, essais.

Louis Calaferte est mort le 2 mai 1994.

Et Elohim dit : « Que le firmament soit fait au milieu des eaux. »

1

Qu'est-ce que le voyage ? sinon une tentative de divorce d'avec sa réalité présente, un refus de soi avorté parce qu'il s'est trouvé une issue propice. Du moins a-t-on la latitude d'essayer de cette ébauche de suicide qu'est le départ. (L'absurde subordination ce serait si, à tout moment, nous ne disposions pas de cette possible évasion par le suicide.)

Peut-être est-il significatif, et non sans ironie, qu'une telle réflexion surgisse à mon esprit le lendemain même de mon retour, après cinq ans d'absence.

Il est vrai que je ne saurais, avec exactitude, me souvenir de ce que je pensais, de la façon dont je le pensais, il y a cinq ans, sur le point de partir. Rien ne change autant qu'on croit ; en soi-même moins encore. Cette distance du vieillissement sert à nous enseigner qu'il ne va jamais dans notre moule que ce qu'il est en mesure de contenir. Ce n'est point tant : « Fidèle à soi-même », que : « Réduit à soi-même ».

Cinq ans. Cinq ans mort pour ces lieux, pour

cette maison, pour cette campagne, ce paysage de montagnes, ces rives du lac, le grand cèdre du jardin, le fauteuil de mon bureau; pour ces gens, qu'autrefois l'on voyait chaque jour, étroitement mêlés au cycle de notre existence; qui n'ont eu de vous, pendant cette rupture, que le souvenir d'un temps figé déjà, ne vous concernant plus puisque, ailleurs, dans le même temps, vous continuiez à vivre ce qui, ne pouvant se le représenter, ne les pouvait atteindre.

Hier, à mon arrivée, nous nous sommes donc retrouvés (Adrien et Clémence, sa femme, qui se sont occupés de la maison, m'attendaient à l'extérieur du jardin, où ils avaient installé deux chaises) mais, à la vérité, moins tels que nous sommes qu'approximativement ce que nous étions cinq ans auparavant. Cette idée m'a frappé sitôt que je les ai aperçus depuis le taxi qui me ramenait de la gare; Adrien assis un peu en avant de sa femme, à la limite de la route.

Point d'émotion de ma part. Les retours, les départs — et seulement leur perspective — m'irritent tant qu'ils m'angoissent jusqu'à me glacer. Plutôt une indifférence fataliste. Un temps pour fuir. Un temps pour rentrer. Durant les vingt minutes du trajet entre la gare et la maison, j'avais volontairement évité de regarder autour de moi par la vitre, résolu à m'épargner ce sentimentalisme de « reconnaître » (j'en avais ainsi décidé, et longuement, dans le train).

Ce vieux couple assis devant le portail du jardin est, en quelque sorte, comme le veilleur de ma mémoire. Vieil homme et vieille femme du chœur antique, confits dans l'austère silence qui succède aux lamentations. Il manque le tombeau. Le mien. Où, depuis cinq ans, j'aurais pourri. (A quel degré de décomposition en est un cadavre après ce temps ? Encore de la chair ? ou plus rien que les os jaunes et secs ? Les yeux ? Les cheveux ? Les ongles ? Par exemple : l'ongle du gros orteil ? Ce sont là des détails qui devraient nous être précieux ; dont, cependant, nous ne nous préoccupons guère. *Veille, car tu ne sais ni le jour ni l'heure.*)

Enjoué par ce tour de pensée, je fus, en définitive, de bonne humeur aux retrouvailles.

Nous rapprochant de la maison, sur la route droite, Adrien et Clémence en faction, le chauffeur m'a dit :

— Je vois qu'on vous attend, monsieur.

Cet homme n'était pas ici il y a cinq ans. A user des taxis entre la ville et chez moi, j'en connaissais tous les chauffeurs.

Clémence a levé les bras au ciel en apercevant la voiture qu'elle a aussitôt montrée du doigt à son mari qui, peut-être, l'avait vue avant elle sans en rien laisser paraître, par un souci de pudique dignité et de maîtrise de soi qui sont dans son caractère.

Ils étaient tous deux debout lorsque le taxi s'est arrêté presque au ras de leurs chaises.

Clémence avait des larmes dans les yeux. Elle n'a pas vieilli. Elle s'était bien coiffée. Adrien a maigri. Il a eu une angine l'hiver dernier. Il fume trop pour son âge, dit sa femme. Il s'est voûté un peu, mais la force sèche, la force rugueuse est toujours apparente dans ce grand corps osseux. Après m'avoir serré la main, afin de dissimuler un peu de fébrilité émue, il a plaisanté avec le chauffeur qui retirait du coffre mes bagages.

On ne m'a pas trouvé « changé ». On est content que je sois revenu. Ils ont reçu mon télégramme le matin, vers onze heures. Clémence a tué et préparé un poulet pour le repas du soir. Adrien avait parié avec elle que j'aurais mangé dans le train. Eux non plus n'ont pas « changé ».

Il manque toujours une moitié du motif à la rosace qui orne l'un des panneaux de fer du portail. Le cèdre s'étale davantage qu'avant mon départ; ses branches se sont développées, il dépasse en hauteur la maison. Dans les grosses chaleurs des après-midi de l'été qui commence, nous serons au creux de l'ombre sur le banc accoté à son tronc. J'irai y lire, y rêvasser, y somnoler, comme jadis.

Les roses jaunes du rosier grimpant qu'Adrien et moi avions planté grappillonnent à foison sur toute une partie de la façade principale de la maison, luttant et s'entremêlant avec les jetées de lierre qui, à présent, ont investi jusqu'au dessous de la corniche du toit. Les touffes mousseuses de gypsophile bordent chaque côté de l'allée centrale du jardin. Toutefois, le buis et le laurier que, désapprouvé par Adrien, je m'étais entêté à planter dans un recoin, n'ont pas survécu.

En aidant Adrien à transporter mes bagages, incidemment, le vers de Baudelaire m'était revenu, insistant en moi :

Faut-il partir? rester? Si tu peux rester, reste.

Quand peut-on rester? Ou, aussi bien : quand peut-on partir?

Cinq ans. Je suis de retour. Cinq ans. Rien n'a changé. Tout est prêt dans la maison.

2

Ce n'est pas tout à fait au hasard que j'ai choisi le livre, mais c'est par hasard que j'y trouve : « Ne décevez pas ceux qui vous aiment : c'est là votre plus grand bien sur la terre, et qui ne se renouvellera pas, songez-y; et que vous pouvez à jamais compromettre pour la seule satisfaction d'une inconséquence. »

Sait-on si l'on est, ou non, aimé ? S'il advient qu'on le soit, l'est-on dans ce que l'on estime être l'excellence de soi ? Est-on mieux connu de ceux qui nous aiment que de ceux qui nous détestent ? Peut-être nous révélons-nous davantage à ceux qui nous sont indifférents, étant avec eux plus libres, plus conformes à une permanente vérité de nous-mêmes; exempts que nous sommes du soin de nous les gagner ou de nous en faire redouter.

« Ils n'ont rien à vous offrir que poison, et vous n'êtes pas en goût de leur donner quoi que ce soit de votre trésor. » (Il est des livres qui remettent en selle, dans les moments où l'âme est malade, l'esprit maussade, le corps nonchalant, bref : quand on se dit que la vie est bien terne.)

Se tenir dans l'éloignement. Être en soi réfugié. Pour être libre : n'aimer rien. Ne rien haïr. L'entrave de toute passion. Être cette glace du pur cristal.

Toujours le même contentement à manier mes livres (je me suis employé au rangement, et un peu aussi à l'inventaire, de ma bibliothèque).

Moi, dont la nature est éloignée autant qu'il se peut de l'avarice, de la cupidité, de l'intéressement, de la possession enfin : je deviens avide lorsqu'il s'agit de livres. Je les accumule sur les rayons, je les case, je les entasse ; incapable que je suis de me débarrasser de l'un d'eux, fût-il de la dernière valeur.

Les reliures brillantes sous la lumière, la chaleur fauve des cuirs, cela m'a ravi. Plaisir intime que de tirer de sa niche un livre, de caresser sa reliure, de le feuilleter, de s'attarder, admiratif, à la finesse des gravures, de respirer l'odeur grise du papier ; entre le pouce et l'index d'en apprécier le grain, l'épaisseur, le velouté, la douceur lisse. Chaque fois une satisfaction de presque concupiscence.

Seul, la tête appuyée dans la souple mollesse du fauteuil, j'ai joui, durant tout le crépuscule, de la clarté dorée, limpide, qui pénétrait par la fenêtre ouverte ; enrichissant la pièce de sa f[illegible] dité qui me rappelait celle de certaines t[illegible] landaises.

Est-ce là le bonheur? (C'est là un élément d'un possible bonheur.)

Devant moi, cette vacuité cotonneuse de la nuit. Les hommes dorment. La campagne dort. Les insectes s'accouplent. Les insectes se tuent. Calme nature — pleine de meurtres.

M.

Probablement dort-elle, elle aussi, à quelques dizaines de kilomètres d'ici.

Je me suis accoudé à la fenêtre pour regarder en direction de la ville, là-bas, à l'autre extrémité du lac où, dans un appartement, dort cette femme, dont tout du corps m'est connu.

Je sais comment elle est couchée. La joue gauche dans l'oreiller, l'autre moitié du visage encombrée par l'ébrindillement des cheveux noirs, les jambes ramenées vers le ventre, les bras croisés contre la poitrine, la bouche un peu ouverte. Elle est rose. Une languette d'oreille perce entre les filaments enchevêtrés des cheveux. Une lunule. Une amande. (Si, dans l'instant, j'avais un moyen de m'y transporter, peut-être irais-je chez elle, l'y surprendre. Non, je n'irais pas. Je n'en ai pas envie. — Volontiers j'irais, à la condition de n'avoir pas à parler, à sacrifier aux simagrées du revoir, de n'avoir pas à subir les questions, de n'avoir pas à répondre, raconter, expliquer, demeurer d'abord une heure assis sur le lit auprès d'elle qui se sera recouchée — et coiffée avant de se recoucher —, et qui ne manquera pas de me dire : « Si j'avais su... »)

O ! disposer d'êtres dociles, sans volonté, anonymes ; qui ne soient rien que des corps désirables. Des êtres qui ne soient personne. O ! disposer, disposer de corps !

Je n'ai pas prévenu M. de mon retour.

Je n'ai prévenu personne, que mon ami Roger, qui était à la gare où, ensemble, nous avons filé les deux heures entre les correspondances des trains. Sa fille, ma petite filleule Geneviève, qu'autrefois je recevais pendant les vacances d'été, a fait demander si, cette année, elle pourrait revenir.

A la façon dont il s'y est pris pour me transmettre ce vœu, insistant sur la joie qu'elle se promettait de mon consentement, j'ai deviné que Roger, qui vit seul avec elle, m'en serait reconnaissant. Je n'ai pas osé refuser. Nous avons arrêté qu'il viendra ici la reprendre quelques jours avant la fin du mois de vacances.

Excellent homme, Roger est de ceux qui estiment, si tant est qu'ils y songent un peu, que l'amitié ne saurait s'embarrasser des retenues d'une bienséance même élémentaire. Ils vous sont ouverts et disponibles comme ils entendent qu'on le soit envers eux.

Voilà qui, à moi, me pèse. Le goût de l'amitié n'est guère de ma nature. Je me complais mieux à la solitude, où je m'enrichis.

Clémence connaît la petite. Elle en prendra soin.

Peut-être irai-je demain voir M.

Mécontent de moi. Nervosité extrême.

Dieu.

3

Que la nature est belle ! Et combien je l'aime !

Adrien m'a fait admirer un rosier qu'il a lui-même greffé, en bordure du petit massif, presque sous la fenêtre de ma chambre. (Autrefois, il y avait là des giroflées qui embaumaient.)

La fleur, rose tendre, parcheminée de veinules laiteuses qui se ramifient à l'approche du cœur, jusqu'à s'estomper dans une uniforme pâleur, est d'une beauté dont le charme tient à sa fragilité d'opaline.

Adrien en est fier. Je l'ai complimenté.

Un peu après, je suis retourné, seul, à la contemplation de cette splendeur charnelle ; étrange d'être aussi simple, compliquée d'être innocente ; qu'il me fallait revoir, toucher : ce que je n'avais osé en présence d'Adrien.

Délicatement pincés entre les doigts, les pétales ont la douceur d'un duvet. J'en ai approché mes lèvres. Le parfum en est pénétrant.

En me redressant, j'ai vu Clémence, qui m'observait depuis le seuil du lavoir. Trop candide pour interpréter mon geste, elle m'a crié :

— Elles sentent bon, hein ?

J'ai fait oui de la tête.

Ce n'est pas la beauté en soi qui est troublante, quel que puisse être son degré de perfection, d'épanouissement. Ce qui est troublant, c'est le contenu de la beauté, réel ou imaginaire. Ce qui, dans cette fleur, m'a troublé, c'est qu'elle a suggéré en moi je ne sais quelle imprécise vision de visage d'enfant.

Je n'ai aucun goût à sortir au-delà du jardin, qui m'est une protection à l'encontre de : « tout le monde ici qui sait que je suis revenu », selon l'expression rabâchée en façon d'invite de Clémence. (M. est venue en mon absence trois fois. « La dame est très gentille », dit Clémence, approuvée en silence par son mari.) Ils aimeraient en savoir plus.

Après cette manière de déracinement, peut-être eût-il été raisonnable de séjourner un temps dans quelque hôtel, au lieu de rentrer ici directement ?

J'ai besoin de m'éprendre, puis de me déprendre.

Ce ne sont pas les lieux, mais les présences qui me sont une gêne. Parfois, jusqu'à l'angoisse.

J'ai trop de livres, trop de place dans cette grande maison un peu assombrie, trop d'espace, trop de meubles, trop de bibelots ; trop d'aise, trop d'harmonie dans le paysage, lac et montagnes ; trop de portes dans trop de couloirs, fermées sur trop de pièces inutilisées où pèsent, du poids de l'immobilité, trop de décors momifiés. J'ai trop d'habitudes.

Quand il m'arrivait de songer à cette maison (au vrai, pas un jour ne s'est passé loin d'ici sans que j'eusse pour elle une pensée), c'est plus précisément ce coin de mon bureau, avec le grand fauteuil de velours grenat proche des rayonnages d'angle chargés de livres, que j'évoquais.

A peine étais-je revenu, que je reprenais ma place dans le fauteuil retrouvé. Comme maintes fois je me l'étais promis, le renouement s'accomplissait par cette infime partie du passé qui n'avait cessé de m'accompagner.

Rien de l'émotion que, souvent, j'avais imaginé devoir m'étreindre, ne s'est manifesté. Je me suis vu comme de l'extérieur : allant vers le fauteuil, l'époussetant de la main, m'y asseyant. Assis.

Toujours il y a un quelconque fauteuil que nous nous efforçons d'atteindre — et, dans le cas où nous y réussissons, qui nous déçoit. (Dans le train du retour, j'avais pensé beaucoup à ce que devrait être ce premier geste de recouvrement, à l'amplitude de son symbole.)

Tout de nos désirs est vain, étroit ou pitoyable. N'importe : j'étais assis là où, longtemps, j'avais souhaité de l'être. (J'avais oublié plusieurs détails dans la disposition des objets. La lampe de bureau est aussi moins volumineuse que je me la représentais. Clémence avait pensé aux fleurs. Quelques roses dans un vase en terre, mais jamais elle n'a su ordonner un bouquet. Pressées entre elles, les fleurs souffraient.)

La culpabilité, le péché : leur angoisse — jusqu'à l'obsession.

La trame symbolique des impressions...

Ces roses dans le jardin ont un ton mieux soutenu que d'abord il m'avait paru. Éclat saumoné. (Vision confuse de visage d'enfant, oui, mais qui rayonnerait secrètement de ce mystère intérieur qui transparaît sur les visages peints par Cranach.)

(Cette demoiselle B., à Rome, qui s'ennuyait en ma compagnie, à stationner de longs moments devant les toiles dans les salles de musées. Et qui se gorgeait, le jour durant, de glaces au chocolat. Et qui se plaignait de ce que j'organisais sans le lui soumettre notre emploi du temps quotidien. Et qui, jusqu'à l'instant qu'elle vit transporter et charger dans le taxi mes bagages, se refusa à croire, bien que prévenue, que je la plantais là. Et qui, par un excès de glaces, dut se consoler de mon départ.)

Le grand bouquet, sur la commode de l'entrée, est fané. Nous mourons de vivre.

4

Étincelle divine de la Joie du Dimanche.

Toute chair est comme l'herbe, et toute sa gloire comme la fleur de l'herbe. L'herbe sèche et la fleur tombe.

5

Le cadavre de la poule noyée, au bord de la mare, dans un champ en contrebas, au retour d'un après-midi de jeux en forêt ; le soleil déjà rouge à demi absorbé par l'horizon.

C'était lui le plus âgé des trois, et ses camarades ne voulaient pas s'arrêter. Il avait lancé la première pierre, qui effleura la tête informe. Les autres garçons, immobiles à quelques pas de lui, regardaient. Il sentait en eux leur peur, le plaisir fou, le plaisir lancinant de leur peur si obscurément, si intimement mêlée à la sienne. Leur peur passive, leur peur excitante, qu'il écrasait sous les pierres jetées l'une après l'autre, sans discernement, du plus vite qu'il pouvait, essoufflé, en sueur, emporté par une sauvagerie inconnue qui lui garrottait la gorge.

Touché, le corps inerte bascula de leur côté, découvrant, entre les deux pattes rigides dressées comme des bras atrophiés, l'enflure jaune rance du ventre déplumé qui cloqua, chuintant, aplati par le bloc de pierre qu'il avait soulevé à bout de bras, recevant au visage la gerbe jaillissante de liquide putride — qui l'étonna.

Il n'avait rien supposé, mais il croyait vide ce ventre de bête morte. Et voilà qu'il lui était révélé que la mort participe encore de la vie; qu'elle n'était pas cette chose distincte, parallèle, qu'il imaginait, cette chose isolée, étrangère, d'une différente nature; qu'elle avait une odeur, une forme, qu'elle était active et prolongeait, en le transformant, ce qui avait été vivant. Découverte pour son esprit de cette évidence que, sans la vie, la mort n'existerait pas.

Une vieille automobile, celle de M. Juquet, le pharmacien, gravissait lentement la route en lacets surplombant la cuvette où ils se trouvaient; encerclée par la forêt d'un vert noir, oppressante. (La pharmacie aux boiseries reluisantes, les cigarettes d'eucalyptus, les deux énormes bocaux de verre dans la vitrine, l'un rempli d'un liquide jaune, l'autre d'un liquide rouge (de l'eau colorée de sang? le sang de qui? — M. Juquet avait eu un chien qu'on ne voyait plus : peut-être le sang du chien?), le comptoir de chêne verni, à hauteur du front : en étirant le bras on dépose la monnaie sur la rondelle de caoutchouc strié et l'on ne voit pas ce que l'on vous rend; le pèse-bébé, avec le panier d'osier garni d'un petit matelas et d'un oreiller roses, l'odeur filtrante, un peu aigrelette, un peu écœurante, la même que celle du tiroir aux médicaments dans le grand buffet de la cuisine, l'odeur des boîtes de cachets.)

L'écran de la forêt interrompait brusquement le ferraillement du moteur. On voyait alors, sans l'entendre, l'automobile cahotante qui progressait avec peine. Puis, le contraire se produisait : l'écho répercuté du ronflement mécanique résonnait tout autour de soi, tandis que la voiture était longtemps escamotée à la vue par la découpe de la forêt ajustée aux sinuosités du tracé.

La partie visible de la route était nue. Brutalement nue. Bleu-noir. Des îlots de goudron luisant sous la chaleur accumulée (on en faisait de petites billes longuement façonnées entre les doigts : il en avait avalé une et la nuit suivante il avait vomi), flaques métallisées.

Si la voiture versait, elle roulerait dans le ravin. Le ventre gonflé de M. Juquet, recroquevillé dans les hautes fougères du fond où nichent les vipères.

— N'y allez pas, vous vous feriez mordre, les vipères sont mortelles.

Ils disaient : « Les vipères sont mortelles », sans attacher d'autre importance au sens de cette phrase qu'il aimait leur entendre prononcer. Elle vibrait en lui, bizarrement. Un éclair qui lui comprimait le cœur. Oui, il les savait mortelles : il en avait tué à coups de talon, acharné, jusqu'à ce qu'il ne restât plus, sur la poussière du chemin, qu'une trace sanglante de bouillie rose tachetée de débris de peau.

Pour un homme, est-ce la même chose que pour une bête ? Qui savait cela ?

Le vrombissement assourdi du moteur précédait parfois la réapparition de l'automobile qui, entre-temps, avait péniblement escaladé quelques kilomètres de route. S'il vous rencontrait sur son passage, M. Juquet proposait de vous ramener au village. Il ne disait mot de tout le trajet. Le milieu de sa lèvre supérieure était relevé en pointe, comme une bouche de lapin. On apercevait deux grosses dents et de la gencive. Toutes les deux ou trois minutes, il reniflait en retroussant le nez.

Du flanc blessé de ce petit cadavre de poule s'était échappée une coulée jaunâtre, liquoreuse, qui maculait la peau.

Derrière lui, ses camarades riaient en se bouchant le nez. Mais, à présent, il était différent d'eux. (Ceux qui doivent être aspergés par le sang.)

Il hait l'opulence, qui est perdition de la pensée.

Égoïste, il l'est diversement. Par pudeur de sa faiblesse. Par refus orgueilleux de promiscuité avec l'ensemble, où il ne se reconnaît point de semblable.

Pour le pratiquer, il connaît le pouvoir magnifiant de l'austérité d'un égoïsme ordonné ; ses vertus, les hauteurs vibrantes de l'isolement vers où il vous achemine.

Aux heures déprimantes du reflux des forces trop constamment bandées dans la surveillance aiguë de lui-même, s'il lui arrive de s'épouvanter de la division où il s'est situé, sa nostalgie latente du don, du sacrifice de soi, soudain envahissante, l'âme enflée d'une absolvante mansuétude, bouillonnante de générosité sans exclusive, aspirant du plus profond à l'exaltation il ne sait de quelle communion qu'il voudrait religieuse —, il surmonte ce vertige, son amertume, la souffrance secrète que chaque fois il éveille ; comme se réconfortant à la mémoire du désert de la tentation d'où l'on revient transfiguré, dès lors incapable d'autre condescendance que celle à une passion solitaire qui est d'un prélude à la mort.

La douceur de ces après-midi d'été en campagne, ou leur violence. Ce sentiment d'absolue liberté. Liberté telle que la doivent connaître les animaux sauvages, et que seuls les enfants saisissent avec cette intensité heureuse ; épargnés qu'ils sont par la persistance de la gravité.

L'heure du goûter. La confiture sur la large tranche de gros pain, qui poisse les doigts, englue les lèvres ; qu'il fallait disputer aux guêpes dans le jardin. Atmosphère opaque, presque torpide des grandes journées de soleil. La forêt, ses odeurs de résine, de pourriture moussue. Les myrtilles, qui se ramassent et se mangent à poignées ; lèvres et langue violettes. Les retours du soir, jambes moulues par la fatigue des jeux de la journée, le chemin interminable, le toit d'une première maison, au loin, repère un peu réconfortant dans le harassement, la soif qu'on a hâte d'étancher, plus ardente encore à la pensée d'une eau fraîche dans le grand verre embué que, déjà, on voudrait avoir en main...

Il faut échapper aux autres, qui vous corrompent.

Le tranchant de la lune — sur rien, sur un enfoncement liquide, une flottaison vaguement bleutée.

Les bois de la maison craquent.

6

Pourquoi cette mélancolie, pourquoi ce désenchantement qui, depuis toujours, me font me tenir à l'écart, en retrait, quand bien même je pourrais paraître ?

Je prends dans mon bureau mes deux repas, que Clémence me sert.

A midi, il faisait si beau que j'ai demandé que la petite table pliante soit dressée devant la maison où il y a de l'ombrage ; à peu de distance du jeune marronnier qui abrite un nid de chardonnerets repéré par Adrien qui s'attendrit singulièrement à écouter le pépiement des nouveau-nés et à observer le va-et-vient des parents qu'on voit prendre leur vol en flèche depuis la profondeur du feuillage et revenir le bec encombré de nourriture ; accueillis, acclamés, frénétiquement sollicités par la criaillerie de leur marmaille. (Cette insatiable voracité hurlante est exaspérante.)

Adrien, lui, ne s'en lasse pas. Assis de biais en

face de moi, comme je l'y avais invité au moment du café, son profil anguleux un peu incliné, il plisse les yeux, qu'il a très enfoncés, guettant le manège des oiseaux. Lorsque l'un d'eux revient avec sa charge, un filet de rire satisfait gargouille dans sa gorge, et la trace d'une émotion paraît sur ses traits profonds.

Cette sorte de fascination touchante m'a, inconsidérément, amené à lui demander pourquoi il n'avait pas eu avec sa femme d'enfant. Me faisant brusquement face, sa figure de vieillard rude s'est tout d'un coup empreinte d'une tragique gravité. Ses yeux étaient fixés sur moi, incompréhensifs, comme au spectacle de l'horreur. La voix, très basse, venait de loin :

— Mais, monsieur, nous avons eu une fille.

Je l'avais oublié. Elle est enterrée au cimetière du pays.

Il a avalé ce qui restait de café dans sa tasse, m'a remercié, s'est levé et s'en est allé en contournant tout de suite la maison, afin d'être rapidement hors de ma vue.

Comment pareilles méprises peuvent-elles m'advenir ? J'ai blessé cet homme. Rien de ce qui est des autres ne me retient.

J'avais prévu de lire dehors. Contrarié, j'ai regagné mon bureau.

En parlera-t-il à sa femme ?

J'avais promis à Roger d'écrire quelqu
à ma filleule ; qu'elle tienne de moi qu
que je l'attends.

Cela m'agace. Je n'ai pas revu cette enfant depuis cinq ans.

Il faudra que j'écrive.

... que j'écrive à M. (Lorsque j'irai en ville, je l'appellerai au téléphone.)

Ensoleillement point encore trop violent, qui imbibe l'herbe des champs alentour. Pureté du ciel à l'horizon, sur lequel se détachent les maisons d'un petit village niché à la hanche de la montagne. Éclatement des tuiles rouges sur le bleu du ciel. Chants d'oiseaux. Bourdonnements d'insectes. Odeurs, parfums de la terre, des fleurs, des feuilles d'arbres. L'ombre elle-même a sa saveur particulière des jours chauds. Les guêpes butinent les roses. L'une d'elles s'effeuille, comme à regret, ses pétales, lambeaux de chair vive, lèvres pendantes qui ne se résolvent pas à se détacher de la tige.

Riche, riche est cette vie!

Quand j'imagine ma mort (plusieurs fois dans une journée) j'en ai du soulagement.

Je suis impuissant à échafauder quelque chose de plausible, de digne, qui puisse rattraper ma bévue de midi.

Il m'est intolérable d'en rester sur ce froissement avec Adrien.

Qu'a-t-il dû penser de moi? (Et il n'a dû penser

qu'à cela.) Ce complet oubli de ma part, pour lui injurieux, l'autorise, le convie même à déduire de l'indifférence dans laquelle je les relègue, lui et sa femme, — ce qui est faux, faux!

Je ne puis accepter que, cabré par l'offense, il conçoive que j'aie du mépris pour leur simplicité; alors que, justement, c'est elle qui me les rend chers.

Par quelle habileté revenir sur cette maladresse et l'effacer?

Je n'ai rien de la rondeur, de la bonhomie, de la tournure cordiale qu'il faudrait. A me vouloir artificiellement amical, je risque de m'empêtrer davantage. La souplesse de ton qui conviendrait n'est pas de mon registre. Je m'y montrerais soit trop accusé dans la désinvolture, soit trop solennel pour que le diapason habituel à nos relations n'en fût pas désaccordé; et Adrien peu à son aise pour me répondre et me pardonner avec franchise.

Ne devrais-je pas m'essayer sur Clémence? Mais s'il ne lui a rien dit?

Ma journée est gâchée par cette étourderie.

A tous égards, les autres nous sont un rétrécissement.

Par trois fois (tout à l'heure encore, au tout début de la soirée) j'ai lentement arpenté le jardin, de manière à être vu d'Adrien, où qu'il pût être : dans la cuisine de leur maison, dans la resserre, dans le lavoir, dans la cabane à outils.

Il ne s'est pas montré. Je suis certain qu'il remettra à demain, au petit jour, l'arrosage de son potager qu'il assure chaque soir.

Je dois le voir. Demain, cela n'en serait pour moi que plus délicat. J'ai résolu de l'aborder sans détour, de m'adresser à lui du ton qui est d'ordinaire le mien et, simplement, de lui faire mes excuses.

Si, pour cela, je dois me rendre chez lui, je m'y rendrai.

Clémence va m'apporter mon repas.

Entré par la fenêtre, un de ces papillons blancs qu'on voit tout le jour zigzaguer dans le jardin est venu se poser sur mon épaule gauche. J'en augure bien pour ma démarche prochaine.

Apparemment, Clémence n'est au fait de rien.

Je crois m'être fait comprendre ; bien qu'au moment voulu j'aie un peu perdu pied, mes idées s'embrouillant et les mots choisis par avance ne se présentant plus comme j'avais prémédité.

D'après le sentiment que j'en ai, ma confusion, visible, a eu l'heur de me servir auprès de cet homme, que j'ai trouvé chez lui, dans la rigueur et la modestie de leur installation, d'une impression-

blesse qu'il n'est pas sans saveur de manipuler selon nos visées en vue de nous satisfaire.)

On s'éloignait. Je ne m'étais pas mépris. Clémence avait stationné sous ma fenêtre. Je relâchai ma respiration.

Il est remarquable comme, à l'hypothèse d'une alerte, l'esprit est enclin à se rassurer au plus tôt; par exemple produisant coup sur coup maintes explications apaisantes d'un bruit dont, cependant, il s'est alarmé. (Sans doute, ceux que l'insuffisant aiguillonnement de leurs nerfs n'a pas accoutumés aux longues crispations de l'angoisse, doivent-ils méconnaître la persistance précautionneuse dans le qui-vive; proies désignées de tous les coups éventuels, de tous les dangers qui rôdent, friands de notre personne. À moins que ce naturel abandon à l'imprévoyance leur soit une immunité contre le péril. M. est de ceux-là — qui me désarçonnent : prêts à opposer à l'anxiété quelque insupportable moquerie dont, peut-être, ils imaginent qu'elle agira en manière de conjuration... Mais non. Non. Ils n'imaginent rien. M. n'imagine rien.)

Qu'ai-je quitté? Qu'ai-je retrouvé? Qu'ai-je quitté, que j'ai retrouvé? Qu'ai-je quitté, que je n'ai pas retrouvé? Qu'ai-je quitté, que j'aurais voulu ne pas retrouver? Qu'ai-je retrouvé, que je n'avais pas quitté?

Ce qu'on croit quitter ne nous quitte pas. On ne *quitte* pas : on s'éloigne.

La chaleur est bonne. Franche. Sèche. Libre. Radieuse.

Le lac, où je ne suis pas retourné encore depuis que je suis revenu. (Quelques connaissances parmi les habitants du village : Thieboz, qui n'a de passion que la pêche, y consacrant ses journées, et à l'entretien de ses deux barques, tandis que sa femme assume le commerce dont ils vivent.)

Nager, puis s'étendre au soleil. Se laisser investir, griser par la pesanteur de la chaleur. Limiter aux minces interstices entre les paupières presque closes cette immensité du ciel bleu uni au-dessus de soi. Sentir qu'on appartient à un espace. Que, réellement, on y est suspendu. Sentir qu'on est d'un tout ; non plus, restrictivement, d'un seul lieu, fût-il la terre entière. Se projeter du connu à l'inconnu (mais il n'est ni connu, ni inconnu). Illusion agréable.

La liste est si brève de nos illusions ! Si vite elles sont taries !

Éclaircies magiques des soirs de Noël de la première enfance. Doux enchantement des premières tendresses amoureuses (c'est alors, à dix ans, qu'il faudrait pouvoir aimer, pouvoir obtenir l'autre, qu'on désire pudiquement, pouvoir dispenser cet afflux de baisers, cet orage en soi de pur amour). Timides, délicates, respectueuses, *religieuses* approches de la chair (le mystère, l'infernale attirance du mystère subsisteront, mais dépouillés de la dimension d'intouchabilité, de possible sacrilège de leurs envoûtements premiers). L'arrogante certitude du talent dans la voie choisie. L'acharnement à la réussite. L'invulnérabilité par l'argent.

— Peut-être, aussi, l'acheminement vers la sagesse. Peut-être, aussi, de se figurer serein notre consentement à mourir...

Ceux qui ne peuvent vivre sans aimer. Ceux qui ne peuvent vivre sans être aimés.

Adrien ne me tient pas rigueur de ma stupidité. Comme une fois il me l'a dit : « Ce qui est oublié est oublié, n'est-ce pas ? »

On croit avec eux ressentir à l'unisson, et puis voilà : Adrien est aussi fier de ses tomates, qu'il me donne à soupeser, que de la luxuriance voluptueuse de ses roses.

Je suis un homme déçu.

8

Dans le taxi qui m'emmène, c'est à Van Gogh que je pense. Non pour une raison inconnue, mais parce que le matin même j'avais feuilleté sa *Correspondance*. Et je suis ému au point d'en avoir la gorge serrée, comme chaque fois que je me remémore les épisodes désolants et nobles de cette vie exemplaire.

Cette lettre, dans laquelle il crie à son frère, non seulement sa douloureuse, sa grandiose solitude d'homme et d'artiste, comme dans toutes les autres, mais surtout qu'il a été outragé, qu'on ne le comprend pas, qu'on le rejette, qu'il n'est pas admis pour ce qu'il est.

Il venait de rencontrer cette prostituée occasionnelle et lui avait offert de partager son pain. Et un homme, qui se disait son ami, lui reproche son « caractère perfide ».

Je voudrais me souvenir du paragraphe entier de cette lettre où, naïvement, il décrit les soins qu'il a prodigués à cette femme. Je le rechercherai.

Il faut des êtres purs : qui sont les vivants sacrifices et les sauveurs de notre monde.

Pourquoi m'être décidé à cette césure dans ma retraite ?

Cette heure du début de l'après-midi est si paisible entre les murs du jardin, ou dans la pénombre de mon bureau, les volets mi-clos... (Certainement à cause de M.)

J'avais commandé pour midi un taxi. À midi, je n'étais plus dans les mêmes dispositions. Le taxi est arrivé : je l'ai pris.

La ville est essoufflée de chaleur. Les terrasses des cafés bondées de consommateurs avachis sur leurs chaises ; les hommes, les jambes écartées devant eux, en position de demi-allongement. (Cet étalement en public.)

Le maintien n'est que des femmes, qui jamais n'oublient qu'elles ont à paraître ; assises, moulées dans leurs robes d'été partout décolletées ; présentées à la file des passants qui s'écoule sur le trottoir ; cibles insaisissables des regards mâles. Hypocritement décentes, comme si c'était là leur office, elles se laissent regarder, détailler, envelopper par cet immense désir anonyme qui se renouvelle sans fin devant elles, icônes d'un rite raffiné.

Elles sont plus nues qu'habillées. Dans la foule, corps à l'intimité amplement suggérée.

Femmes très brunes, au profond regard noir, approfondi encore par une sorte de cruauté animale et sournoise; aux lèvres larges, toujours éclatantes de l'écarlate du maquillage, la bouche longuement fendue, les pommettes un peu saillantes. Une vapeur de vulgarité enduit leurs traits, qui sont pesants.

Elles sont l'incarnation et la face noire de la vie. L'émanation d'une zone infernale. Dominées, guidées, déchirées sous l'empire de la sexualité. Leur pouvoir de séduction, si je le perçois insidieusement, n'engage rien de ma sensibilité, rien de ma tendresse. Univers chaotique qu'elles entrouvrent, dans lequel elles vous entraînent quand on se lie à elles. Je sais leurs élans, leurs abandons à la chair; le plaisir qu'elles savent faire naître et ordonner, ne se refusant à rien des lubricités, suscitant et inventant. L'homme est à la fois leur victime et leur conquérant. Êtres troubles et troublants. Conçus pour le viol, la violence, le mal, le mystère, les arcanes d'un primitif éveil. Anges noirs. Filles d'Hécate.

Les suivre, pour le seul plaisir de les voir marcher, tout le corps engainé, mouvant, balancé, tout le corps vivant dans la mince pelure de la robe. Le long muscle du mollet, à chaque pas tendu et détendu. Le fin équilibre sur le peu d'assise des hauts talons, et la cambrure qu'ils imposent.

Cette gracilité élégante qui n'appartient qu'à la femme. Qui est source d'émoi lorsqu'on la voit se manifester.

Téléphoné chez M. Sans réponse.

Se pourrait-il qu'elle eût quitté la ville? Cette supposition, à l'issue de mes appels répétés, me semble pleine de cocasserie. Peut-être parce que ce serait, de sa part, un acte de volonté régénératrice (ou destructrice), en tout cas un acte d'affirmation, de rupture, et qu'elle en est incapable.

Partir sans m'avoir prévenu? Elle ne l'aurait pu que rassurée sur tout son entourage, certaine de laisser en place après elle chacune de ses habitudes. (En cinq ans, elle a eu, certes, tout le temps de se déshabituer de moi : rien ne dit qu'elle me compte encore dans son entourage.)

Si elle était partie, dépité, mortifié, sans doute commencerais-je à la regretter. Mais aussi, c'est qu'elle serait une autre femme! (M., ô mon amie! Passive et disponible. Chose de mes brusques et périodiques envies. Je te retrouverai quand il le faudra.)

Non, elle est en quelque endroit de la ville, petit insecte prudent, petit insecte tenace qui s'éloigne peu de son logis d'où dépend sa quotidienne sécurité. (M. ne se séparerait pas de telle lampe en porcelaine ancienne décorée, à l'abat-jour bleu sombre galonné par ce bouillonnement de dentelle dont elle-même a eu l'idée chez le confectionneur. Les lampes et les bouillonnés de leurs abat-jour sont pour elle autant d'ancres qui l'amarrent solidement au havre qu'elle s'est aménagé.)

Elle est en quelque endroit de la ville, chez quelque amie, chez quelque commerçant. Il se peut que, tout à l'heure, nous nous trouvions nez à nez dans une rue, à la sortie d'un magasin, dans une salle de café. Elle aura un réflexe de surprise, une mimique d'étonnement figeant durant un bref instant son visage puis, car elle est vive, vite elle enfouira cette spontanéité accidentelle sous une profusion de gestes des mains, un remuement de son buste, un sourire trop accueillant, suivi d'une multitude d'autres petits rires sans cause, sans résonance, sans racines ni prolongements en elle. Elle se noiera dans l'abondance d'une conversation toute de sautes, extraordinairement superficielle, pendant que je l'observerai, à demi ironique, la dévisageant (pas un cheveu qui contrevienne à l'ordonnance voulue par le coiffeur, pas un grain de cette peau qui ne soit parfaitement soigné, nettoyé, entretenu, pas une parcelle de ce corps qui ne soit récurée, poncée, massée, parfumée; pas un mouvement de ces membres qui n'ait été rompu aux assouplissements de l'éducation la mieux préparée, pas une parole dans cette bouche qui soit réfléchie, ou même pensée) — jusqu'à ce que, progressivement, décroisse son aplomb; la déroute, qu'elle accuse, accentuant la multiplicité des rires crécellants, jusqu'à ce que lui vienne ce regard à moitié fuyant, presque cauteleux, armé, en profondeur, de ce sillage, de cet éclat ambigu de la promesse du dévergondage savant, et qu'elle m'invite à la raccompagner chez elle où « de toute façon nous serons mieux qu'ici pour bavarder ». (Femme, ô! femme, quel reliquat de satanisme s'attarde en vous, qui me fascine, qui a sur moi cet ascendant?)

N'avoir pu la joindre désorganise mon temps.

A une façon de marcher, de disposer ses jambes en un écartement flexible lorsqu'elle stationne debout, de porter son corps sur une hanche puis sur l'autre; à ces signes qui sont d'expression naturelle, on distingue la femme sensuelle.

C'est dans ce café — récemment rénové, et pas dans le meilleur goût —, que nous venions, certains jours, nous asseoir, Roger et moi, du temps que sa femme était vivante et que, ensemble, chaque été, ils passaient chez moi quelques semaines.

Geneviève, leur fille, n'était encore qu'un bébé qu'il fallait surveiller, soin qui revenait à sa mère; et Roger avait du goût pour ces sorties à deux, qu'il voyait comme des escapades de jeunes gens prometteuses d'on ne sait quelles aventures féminines en définitive toujours imaginaires.

En dépit de sa forme d'intelligence rien qu'immédiate, j'appréciais Roger pour son fond de générosité jaillissante, sa bonne humeur sans outrance, une incorruptible virginité dans le jugement. Vues par son œil, les choses « allaient de soi », et s'il devenait manifeste qu'elles « n'allaient » pas aussi bonnement, c'était donc qu'elles « finiraient par s'arranger ».

Sa femme, plus retenue, jolie, d'un caractère mieux approprié au mien, avec laquelle j'aimais converser (tandis que Roger se tenait volontairement à l'écart de nos entretiens pour lui fastidieux), avait eu, très jeune, une pénible agonie de près de trois mois, dont je suivis, demandé par Roger désemparé, égaré dans un désarroi enfantin, les dernières semaines. Au moment qu'elle mourait, il avait tenté ce geste d'homme démuni : se laisser glisser contre le lit et attraper à deux mains, comme on ferait pour retenir une personne chère qui nous délaisse à la fin d'un emportement, la main de sa femme.

Il n'avait pas cru qu'elle mourrait. Plus tard il me l'avoua.

Je n'ai pas averti encore Clémence de la venue prochaine de Geneviève.

L'homme qu'on voudrait être. L'homme qu'on croit être. L'homme qu'on est. Où est la suture, qui réalise idéalement le point d'identité ?

Entrer dans une rue presque déserte, retirée, en marge du trop lourd mouvement, de la trop oppressante agitation des artères centrales. (Si M. avait été chez elle, à cette minute exacte je serais auprès d'elle; déjà elle m'aurait caressé, déjà procuré le plaisir — déjà, peut-être, je n'envisagerais plus rien que de la quitter vite sans qu'elle eût à s'en offenser.)

Immotivée, la détresse s'abat sur vous, vous assaille avec une brusquerie inouïe. L'aigreur traînante, l'amertume épaisse, l'amertume mauvaise de la détresse. Cette boue. Son malaise, s'infiltrant dans toutes vos fibres, comme un liquide injecté. Le corps lui-même en paraît alourdi. Poison, sans l'instantané de son issue mortelle. Grise détresse. Détresse terne. Gouffre de l'état de désespérance. Le suicide. Est-ce *très sale après ?* Le risque de se rater, de se mutiler, de longtemps souffrir inutilement. (Peut-on se rater en enfermant dans la bouche le canon d'une arme ?) Que doit être la mort par abus de somnifères ? Ce bouillonnement comateux de plusieurs heures, avant que d'en finir absolument. Au-delà d'une raison paralysée par la drogue, un endroit sensible de nous-mêmes conserve-t-il sa lucidité ? Agressée, l'énergie qui nous fait vivants entreprend-elle une lutte obstinée ?

Passer devant elles, qui vous sourient, inclinent la tête, vous invitent par le seul mouvement d'un sourcil haussé. A vous. Selon votre volonté. Au moment que vous le voudrez le plus. Prêtes. Objets. Objets pour vous satisfaire, mais qui seraient doués d'assez d'intelligence pour vous comprendre, savoir ce que vous attendez d'eux. Objets. Mais actifs. Entreprenants. Offrande. Tentation de l'offrande. Elles sont comme déployées pour la toise du désir. Chacune d'elles demande à être choisie. Toutes veulent l'être. (Elles s'entendent si bien à n'être que des femmes ; elles le sont avec tant d'ampleur, elles sont si expertes à n'exercer que le tourbillon vertigineux du charme, les captations ensorcelantes de la séduction perverse, que la pensée du calcul, de l'inévitable intervention de l'argent, disparaît, abolie.)

Jeunes. Mûres. Vieillissantes. Femmes. Femmes. Femmes. Habillées pour séduire. Parées pour séduire.

Passer devant elles, d'un pas lent. S'éloigner d'elles. Revenir vers elles, qui savent alors (le moment où le carnassier à l'affût est par avance assuré de sa proie) que l'une d'entre elles va être désignée (dans l'agglomérat des otages, le doigt tout-puissant d'un quelconque supérieur indique sans rémission ceux qu'on va sacrifier). En soi, quel étrange alliage d'une pudique timidité qui enrobe, l'aiguisant, l'accessible perspective de la débauche.

Elles guettent. Elles esquissent un signe d'encouragement. Elles provoquent. Femmes. Femmes. Femmes. (Prendre ! Prendre ! Les emmener toutes en cet instant d'exaspération de la frénésie de possession. — L'avare, en présence d'un amas de richesses, doit éprouver cette secousse et, pareillement, mesurer son peu de pouvoir.)

Elle se remet du rouge à lèvres devant la glace faussée du lavabo. Elle me regarde enfiler mon veston, derrière elle. Elle me demande si j'ai été content ; d'un ton d'une telle platitude, où s'avoue une telle routine qu'en moi-même j'en souris. Je réponds que j'ai été content. Elle rapproche de la glace son visage, gonfle ses lèvres, les masse l'une contre l'autre pour y répartir uniformément le maquillage. Me voyant habillé, elle me tend la main, se tournant de mon côté. Elle me dit au revoir chéri. Du bout des doigts, elle arrange sa coiffure. Lorsque je tourne le loquet de la porte, elle me dit à la prochaine fois chéri.

Elle avait un hématome de la grosseur d'un petit œuf, sur le haut de la cuisse gauche.

Dans le corridor d'entrée de l'hôtel, étroit, humide, en enfilade, mal éclairé, quelqu'un avait craché du sang sur le carrelage jaune et noir.

« Monsieur ! — On ne vous attendait pas si tôt ! » (j'avais prévenu que je rentrerais dans la nuit, ou le lendemain) ; ça a été l'exclamation de Clémence en me voyant dans le jardin où elle supprimait les fleurs fanées dans les massifs de gaillardes. Elle a crié à son mari, qui devait se trouver derrière la resserre :

— Monsieur est rentré !

Elle a attendu que je fusse à sa hauteur, une main dans la poche de son tablier bleu, l'autre sur la hanche, tenant le sécateur encore ouvert :

— Alors, monsieur ?

Sa question posée franchement, avec une puérile, une inconsciente indiscrétion.

J'ai dit que j'avais très faim.

Parfum fade de la savonnette de l'hôtel. Si peu qu'on l'ait utilisée, la peau en demeure imprégnée. Parfum tenace de la faute. Sceau du péché. (O ! mon Dieu, que je vous suis un pitoyable sujet.) Veule exigence de cette chair maléficiée. Mais tu es condamnée. Mais tu disparaîtras. Mais tout de toi est destiné à la putréfaction. Corps contaminé par le contact étranger. Elle a traîné sur lui sa bouche, ses mains. Elle a appliqué sur lui sa peau, son propre corps. Entrelacs de serpents possédés. Et le couvre-lit terne, sur lequel ils m'ont précédé, sur lequel ils me succéderont. Et la glu de l'humidité sur les murs grossièrement badigeonnés. Et le sang que quelqu'un a craché. Enclave des enfers. (J'entre dans le bain avec un sentiment de soulagement.) Eau baptismale. Eau lustrale. Immerge, ruisselle, lave ce corps, nettoie-le de sa corruption. (Mais qui pénétrera en lui, afin de l'en délivrer ?)

Recouvre, asperge, inonde ce corps — rien, pourtant, rien ne le purifiera.

M. a répondu.

Je suis allé dans le jardin, me joindre à Adrien et à Clémence qui profitaient de la tiédeur de la soirée. L'air était chargé d'une saveur d'herbes.

Clémence ne laisse jamais inoccupées ses mains. Elle tricotait un pull-over d'enfant, dans une laine verte. Tous ces menus travaux que savent exécuter les femmes ; dont nous n'avons qu'une notion imprécise, bien que depuis toujours nous les voyions les pratiquer.

J'ai demandé pour qui elle tricotait. Ils ont des petits-neveux qui habitent un village du Centre d'où est originaire Adrien.

Il y a plusieurs années qu'ils ne se sont vus.

— Les voyages ne sont pas toujours commodes, a dit Clémence.

Après un long temps de pause, mais comme s'il n'avait pas eu pour lui de réalité, Adrien a ajouté :

— Il faut pouvoir se déplacer.

Clémence tricote pour l'un de ses petits-neveux qui a douze ans. Elle eût été heureuse de me montrer une photographie récente qu'ils ont de lui, mais son mari ne lui ayant pas dit d'aller la chercher, elle n'a pas bougé.

Adrien me raconte que du temps de son enfance il y avait en hiver dans sa campagne une telle épaisseur de neige qu'en revenant de l'école, qui était à quatre kilomètres de chez lui, il se produisait que les enfants se perdissent. Un soir, quand il avait sept ou huit ans, un loup l'avait suivi, que d'abord il avait pris pour un chien. Clémence aussi a connu cela :

— Ça n'existe plus, aujourd'hui. Le temps a changé.

Adrien a opiné de la tête.

9

Paul aux Romains : « J'éprouve une grande tristesse, et j'ai dans le cœur un chagrin continuel. »

10

Van Gogh écrivait : « J'ai rencontré cet hiver une femme enceinte, délaissée par l'homme dont elle portait l'enfant.

« Une femme enceinte, qui errait par les rues, cherchant à gagner son pain de la façon que tu devines.

« Je l'ai engagée comme modèle et j'ai travaillé avec elle tout l'hiver.

« Je n'avais pas le moyen de lui payer un salaire complet de modèle; je lui ai payé l'équivalent de son loyer et, Dieu merci, j'ai pu la préserver jusqu'à présent, de même que son enfant, de la faim et du froid, en partageant mon pain avec elle. Lorsque j'ai rencontré cette femme, elle avait attiré mon attention par son air souffreteux.

« Je lui ai fait prendre des bains et des fortifiants, dans la mesure de mes moyens. Je l'ai accompagnée à Leyde, où il y a une maternité; elle pourra aller accoucher là-bas. (Pas du tout étonnant qu'elle fût malade, la position de l'enfant étant anormale; elle a dû subir une opération, on a dû rectifier la position de l'enfant à l'aide de forceps. Elle conserve beaucoup de chances que tout se passe normalement. Elle doit accoucher au mois de juin.)

« Il me semble que tout homme qui vaut le cuir de ses chaussures en aurait fait autant en pareil cas. »

Me suis-je préoccupé, moi, l'autre jour, de ce que pouvait être l'existence de cette femme ?

Nous sommes entre nous comme des morts. Et pire que des morts.

11

Chez lui, peut-être est-ce le désespoir qui conditionne tout.

Tout est de Dieu.

Aussi loin que porte sa mémoire, il se souvient d'avoir eu la foi.

Ce repos, ce délaissement de soi, cet abandon à la délivrance du suicide, qu'il imagine voluptueuse.
Il sait quel endroit du jardin il choisirait pour cet acte. Ce serait l'été, à l'aube.

Orgueilleusement seul.

Qu'attend-il ? Il n'attend pas : il subit.

12

Ce ne sont pas les lieux qui nous appartiennent, mais à l'inverse : nous appartenons aux lieux.

La curiosité m'est venue — que je m'étonne de n'avoir pas eue encore depuis mon retour — d'explorer la maison, d'en reconnaître chaque pièce, chaque meuble, chaque emplacement, auxquels sont liés maints souvenirs, dont certains, si reculés dans la mémoire, qu'ils n'ont plus pour environnement que l'impression, peut-être inexacte, de l'arrangement ancien de telle ou telle pièce depuis longtemps réaménagée.

Probablement ai-je dû, par la suite, revoir ailleurs ma mère (à la clinique où l'on m'avait amené à elle quelques jours avant sa mort), mais à tout jamais l'image tenace que j'ai d'elle vivante lorsque je l'évoque, celle qui supplante, annule toutes les autres, s'impose instantanément, exclusivement à moi, ne se peut dissocier de ce petit salon du rez-de-chaussée, grand ouvert sur le jardin arrosé, éblouissant de soleil, la voilure blanche des longs rideaux de tulle, de chaque côté de la porte-fenêtre, agitée par des souffles d'air, les lames du parquet luisantes sous leur vernissure de cire mielleuse; dans l'écrasante brûlure de la nappe de clarté crue déferlant du dehors, marbrée par de larges voies d'ombre serpentine, animée, çà et là, par un sautillement de paillettes acérées, d'étincellements fugaces, de rousses fulgurances; heureux éclairage d'un temps de bonheur ignoré auquel, enfant, je ne prêtais point d'attention particulière, mais qui s'immisçait, s'imprimait en moi pour devenir celui qui auréolerait le souvenir de ces lents après-midi lentement égrenés auprès de ma mère installée pour y lire, ou y coudre, dans un grand fauteuil d'osier au dossier à crémaillère qui, à mes yeux d'enfant, paraissait immense, démesuré, trop pesant, trop solide, massif, avec l'armature compliquée de tous ses barreaux entrecroisés soutenant le siège, de toutes ses ligatures aux nœuds inextricables, de toutes ses lianes incompréhensiblement torsadées, dont jamais je ne réussissais à découvrir ni d'où elles s'élançaient, ni où elles aboutissaient parmi cet encorbellement toujours interrompu et toujours repris, ni s'il se pouvait que le tout ne fût composé que d'une tige unique anormalement longue, ainsi travaillée sur elle-même et divisée à son extrémité en filaments assez souples qui eussent permis le fin tissage compact, croisillonné, des accoudoirs si spacieux que j'aurais pu m'y asseoir à l'aise; enfin j'attribuais une dimension telle à cet assemblage de courbes et de lacis sinueux, où je ne savais rien discerner de logique qui pût me familiariser avec lui, qu'il me semblait absorber la taille menue de ma mère lorsque, lasse, elle se laissait aller dans son enfoncement; qu'il m'effrayait un peu, que j'en avais une peur secrète, comme m'effrayait, me fascinant, la corpulence et le teint violacé de M. Fauvet, le boucher, dont, plein d'horreur, j'avais remarqué que le pourtour des ongles était soutaché par une fine lisière de sang desséché.

Il est là, ce fauteuil, dans cette même pièce que nul, après la disparition de ma mère, n'utilisa plus; ne communiquant pas avec l'intérieur de la maison, un peu isolée, sans autre porte que celle d'accès au jardin.

Il est là, usé, déformé, les fibres d'osier de ses accoudoirs effilochées, son dossier dressé de guingois sur sa crémaillère démise. Il est là, repoussé un jour par quelqu'un contre le mur qui le soutient : chose inerte, chose désuète, sans plus de prestance. Chose flétrie, déchue. Il est là, inoffensif — et petit. Et toi tu es morte. Et sont morts ces après-midi ensoleillés que je passais à tes pieds, jouant sur le plancher. Et parfois, sur le seuil, surgissait un scarabée qui trottinait, pressé, droit devant lui, comme s'il eût été tenu à un rigoureux itinéraire; sa course arrêtée par la rainure d'insertion de la porte, qu'il explorait tout au long, méticuleux, espérant y trouver un passage et, déçu dans sa recherche, s'immobilisait, pensif, avant que de rebrousser chemin de la même minuscule galopade qui l'avait amené. (Le temps est gris et la pièce n'a pas sa luminosité d'autrefois que, peut-être, elle ne peut avoir que dans la mémoire. On a ôté les rideaux, dont il ne reste plus, au-dessus de la porte, que la tringle nue cerclée par ses gros anneaux de bois. Lorsqu'on a réfectionné l'intérieur de la maison, on a négligé cet endroit qui ne servait pas. La tapisserie en est pâle, comme élimée. Du bleu de Prusse de ses guirlandes semées de fleurettes champêtres en bouquets, il ne paraît plus qu'une tonalité grisonnante, gommée, un peu liquide, tels ces bleuissants regards d'aveugles. Un angle de la vitre a été fêlé sur la gravure du *Retour à Londres*, où l'on voit, devant une auberge, des dames en robes à paniers être soutenues à la descente de la diligence par des jeunes gens sveltes aux visages d'un rose de confiserie. Et je me demandais ce que pouvait être ce Londres où ces personnes élégantes avaient l'air si heureux de revenir. Comme je me demandais ce que signifiait ce « droit d'aînesse » qu'on pouvait échanger contre une écuelle de lentilles, que je détestais.)

Un ruban mauve a été oublié sur le dossier d'une chaise. T'a-t-il appartenu ?

Au bruit des volets que j'ouvrais à sa place, Clémence est accourue.

Afin de justifier, s'il se pouvait, mes allées et venues dans la maison, je lui ai annoncé que nous aurions à recevoir bientôt ma petite filleule.

Cette nouvelle a paru la combler et elle m'a presque aussitôt quitté, vraisemblablement pour aller en avertir Adrien.

Pour absurde que ce soit, l'angoisse qui enveloppe certains de mes souvenirs d'enfance m'a décidément retenu d'aller dans le grenier.

Le soleil n'a pas réussi à percer. Sous ce ciel cotonneux, les distances, dirait-on, sont supprimées par une pesanteur de l'atmosphère.

La maison est un îlot confortable. Matrice rassurante. Il ferait bon s'endormir, comme hibernent les animaux, dans un extrême repliement sur soi. Ce n'est pas la mort : seulement le *no man's land* d'avant la mort d'un grand malade longtemps alité et s'amenuisant par degrés avec la durée.

Morts qui sont une césure fulgurante. D'autres qui ne sont presque qu'une dernière marche descendue, comme en rêve.

Dans ma lettre à M., aucune allusion à mon appel téléphonique. J'ai triché aussi sur la date de mon retour, la retardant de toute une quinzaine : ce n'est là que courtoisie.

Pourquoi même lui écrire, pourquoi cette sollicitation ? N'ayant guère de mes nouvelles pendant mon absence, elle est venue s'informer. Elle reviendra. Ici, elle apprendrait de Clémence ou d'Adrien que je suis de retour depuis de nombreux mois. Cela ne vaudrait-il pas de patienter ? (Je ne ferai pas tout de suite poster la lettre, que je n'ai pas datée.)

Et puisque j'étais attelé!... mais que diable raconter au long d'une page à une gamine dont on se souvient à peine? Je me passerais volontiers et de cette corvée de l'inviter et de celle de l'héberger. Après dix lignes, j'ai tourné ma lettre de façon qu'elle fût adressée surtout à Roger, et c'est à lui que je l'enverrai.

Sans du tout le vouloir, longeant la façade de leur logement — j'allais examiner un repiquage de zinnias que j'ai fait de ce côté-ci du jardin — j'ai surpris ce dialogue entre Adrien et sa femme, tous deux passablement courroucés :

— Non!

— Si!

— Non!

— Si!

— Je te dis que non!

— Et moi, je te dis que si!

— Eh! non!

— Eh! si!

Puis, la voix exaspérée d'Adrien :

— Tu mériterais une calotte, tiens!

Clémence était émouvante dans son indignation :

— Tu oses me dire ça? A mon âge!

Une porte a claqué à l'intérieur. Le silence est retombé. Il y a eu bientôt un bruit de casseroles remuées. (Adrien avait dû quitter la cuisine.) Je suis passé.

13

La lettre pour M. est partie. Qu'importe ? Je m'irritais d'en voir à tout moment sur mon bureau l'enveloppe dressée contre le pied de la lampe.

Clémence propose pour Geneviève la chambre du second étage, comme étant retirée à l'opposé de la mienne et de mon bureau, à l'étage du dessous, car « les enfants font toujours du bruit ».

Je n'avais pas pensé au bruit !

Liqueur bleue du ciel, panachée, au loin, par les traînées déchiquetées et les boules d'ouate gris-blanc des nuages de chaleur. Devant moi, par-dessus le mur de clôture, la cime dentelée des hauts mélèzes, l'épaisse rotondité moussue de deux gros hêtres proches l'un de l'autre, leur feuillage se confondant ; le vol plané d'un martinet, comme imprimé en relief sur ce jeté d'espace.

Comment se fait-il que par ce temps éclatant j'en vienne à me remémorer la pure beauté de ces nuits d'hiver, sous la pleine lune qui diffuse une laque bleutée réfléchie par la neige ? Nuits si parfaitement limpides qu'on voit autour de soi aussi distinctement qu'en plein jour, mais le velouté de la lumière liquide ajoute, embellit le paysage.

Le lendemain d'un soir de Noël, nous nous étions accoudés à la fenêtre de mon bureau, M. et moi. (Sans doute était-ce par un effet du romantisme de la lune qu'elle avait posé sa tête sur mon épaule ; tendresse à laquelle elle a peu de propension.)

M. alanguie contre moi, j'avais imaginé quelle douceur c'eût été de partager cette minute avec une femme gravement, profondément aimée.

Enfin — et par peur, on conclut toujours en se refermant sur l'égoïsme.

Il y avait un oiseau mort dans l'une des allées du jardin.

14

L'oiseau mort, que j'ai ramassé, repose sur mon bureau, à la clarté de la lampe ; les fils rougeâtres de ses petites pattes rigides, ses serres minuscules crochetées sur elles-mêmes, ses paupières entrouvertes sur les globules des yeux. C'est une mésange.

Quand ce sera moi...

15

Je la soulève entre mes bras et la porte sur le lit, où je la dépose avec précautions. Elle est vêtue d'une jupe noire et d'une veste en laine blanche qui, par contraste, fait valoir son teint mat. (En voyage, elle portait une gabardine jaune, qui lui était comme un écrin.)

Posée sur le lit, sa petite tête brune dans le moelleux de l'oreiller, elle est un objet fragile, cassant, intouchable. Son visage rayonne par les yeux. Je l'embrasse. Elle me remercie d'être là, avec moi.

Lentement, je la déshabille, embrassant chaque partie d'elle que je découvre. Nue, elle est belle; immobile, les yeux fermés, les bras repliés sous sa tête.

Le lendemain matin, à genoux sur le lit, à demi dévêtue, elle brosse ses cheveux. Son visage est celui de quelque médaillon ancien. Arrondi du bras nu, qui entraîne avec lui le sein. Son aisance exquise dans la simplicité du geste. Elle est ravissante dans chacune de ses attitudes, qui so[illegible] d'une plastique en même temps lascive et e[illegible] tine. J'occupe des heures de nos journées seulement à la contempler. (G., à Porto d'Ascoli.)

Je n'y avais plus repensé jusqu'à ce qu'Adrien revienne avec le pauvre animal au bout de sa laisse. Cela m'était si bien sorti de la mémoire que je n'ai pas immédiatement fait le rapport. Il a fallu qu'Adrien, embarrassé par mon oubli, me rappelle qu'il m'avait demandé l'autorisation d'amener ici ce chien malade pour l'y abattre et l'y enterrer ; son propriétaire, un restaurateur du pays, ami d'Adrien, ne disposant pas de la place nécessaire. J'avais donné mon assentiment.

La malheureuse bête est mal en point. Ses yeux sont si purulents qu'ils disparaissent sous une croûte rosâtre. Il a la plus grande difficulté à faire aller ses pattes postérieures. Cette souffrance qui m'est soudain proposée me remue le cœur. Adrien est indifférent. Il enterrera le chien dans le terrain en friche qui entoure la cabane à outils. (Si j'en ai le courage, je pourrai suivre l'opération depuis l'une des fenêtres du second étage.)

Cette trop simple possibilité qui nous est départie de supprimer la vie, de tenir en notre pouvoir la fin de quelque chose de vivant. La mort des autres est difficile.

Le chien est attaché à un arbre. Adrien s'approche, son fusil sous le bras. Je m'éloigne de la fenêtre, me bouchant les oreilles pour ne pas entendre le coup.

La bête est couchée sur le flanc, pattes repliées, comme dans le sommeil.

17

Je traversais le village en direction du lac où j'allais me baigner, lorsque je fus hélé par le docteur Challes qui débouchait d'une rue transversale ; aussitôt m'agressant de toute sa faconde, de toute son aménité débordante, retenant ma main, me palpant le poignet, s'exclamant à me revoir, me tapotant l'épaule, m'entraînant par le bras pour quelques pas immédiatement suivis d'une station nouvelle ; tantôt m'entretenant en confidence, son visage proche du mien jusqu'au frôlement, tantôt jeté dans un recul où j'avais à le rejoindre ; dansottant, piétinant, pivotant ; l'abondance de ses propos cisaillée par des éclats de rire abrupts soudain interrompus pour faire place à une mine sévère, presque redoutable, les sourcils froncés, le regard sérieux ; m'attrapant alors les avant-bras et les secouant de sa poigne de campagnard, me reprochant de n'être pas venu le saluer à mon retour, tout en m'approuvant d'être de ces casaniers qui ont sa prédilection, me questionnant à un train d'enfer sans attendre la fin de mes réponses, me tiraillant, me bousculant, m'étourdissant et, pour finir, me faisant promettre de venir chez lui dîner le surlendemain, assurant que sa femme et sa fille s'en réjouiraient.

Sa femme et sa fille, qui sont toutes deux venues m'accueillir à la porte de leur jardin, me débarrassant, avec les reproches et les remerciements d'usage, des fleurs et des chocolats que j'avais la veille commandés en ville.

On m'oriente, on me précède vers la salle à manger où l'on a dressé la table des jours d'invitation ; la vaisselle à filets dorés et les verres de cristal taillé disposés pour la parade sur la nappe blanche damassée qui doit provenir de ce linge de famille qu'autrefois l'on empilait dans les armoires au-delà des besoins de plusieurs générations ; transmis d'héritage en héritage. De même pour la lourde argenterie, que gravent les arabesques du chiffre familial, et dont le premier coup d'œil observe qu'elle a été astiquée. Des bouquetiers d'argent surchargés de roses pompons égaient la table. Il y a les porte-couteaux en cuivre à l'effigie de quelque bête mythique, assortis au dessous de plat oblong qui grillage le centre de la nappe. Il y a la petite carcasse d'argent ciselé de l'huilier, avec ses deux flacons ventripotents, chacun à demi rempli, au même niveau, l'un d'huile, l'autre de vinaigre. Il y a, à la portée du bras, les corolles plates, également en argent, également marquées en leur milieu par le tourbillon d'initiales entrelacées, où, tout à l'heure, on posera la carafe et la bouteille de vin, son étiquette en évidence à mon intention. Il y a les deux bassinets de la salière. Il y a la corbeille à pain, garnie d'une serviette aux pointes retombantes savamment arrangées en triangles. Il y a la tranquille conscience d'une tradition ménagère qui a dressé sur ce mode des centaines de tables pendant plus d'un siècle, et reçu les compliments de milliers d'invités, comme en ce moment, par un rituel sourire de modestie, on reçoit les miens, dont, néanmoins, on se fût offusqué que je manquasse à les exprimer.

Comme si nous exécutions les figures méthodiquement répétées d'un ballet (n'y a-t-il pas quelque chose de cela ?), le docteur Challes fait son apparition parmi nous à l'instant que menace de s'épuiser la provision des propos d'accueil.

Il est petit, il est dodu, il est agité. Hanneton actif. Il emplit la pièce de ses déplacements, de sa voix, du bruit des chaises qu'au passage il dérange de la main. Il rappelle que je suis parti il y a cinq ans. Que lui-même a voyagé dans sa jeunesse et que si sa vie s'était autrement organisée il aurait continué ; encore que, si l'on fait abstraction des contingences de sa profession qui, parfois, ont caractère de corvées, il s'estime satisfait du cours de son existence car, à tout prendre, que peut ambitionner un homme de plus profitable que la stabilité d'un foyer, qui compense de bien des déboires et procure des contentements qui sont, lorsqu'on en juge avec le recul des années, les réels embellissements d'une vie. Toutefois est-il recommandable de ne pas s'encroûter. Les habitudes, la fréquentation d'un nombre limité de gens invariables autour de soi, c'est la règle dans tous les petits pays comme celui-ci, nous cloîtrent sans que nous nous en rendions compte. Où suis-je allé ? Que pense-t-on de nous à l'étranger ? Bien que sa femme ne s'y prête qu'à contrecœur, il a le projet d'envoyer l'an prochain sa fille à Londres, où il a des amis. Au reste, il n'est pas exclu que lui et sa femme fassent le voyage pour accompagner leur fille. Dix-huit ans. Le voilà père d'une jeune fille ! Il passe son bras autour de ses épaules, la bourre contre lui et lui tend sa joue pour être embrassé. Sa fille s'empourpre, propose que nous buvions un apéritif, qu'elle nous sert, soulagée par cette diversion qui lui permet, occupée par les verres et les bouteilles, de me dissimuler la suite de sa confusion. C'est une quelconque jeune fille, sans beauté, qui a de sa mère le visage allongé, osseux, le menton fort, le nez petit et les yeux d'un bleu pâle au regard apitoyé. Elle a cette peau un peu blafarde des blondes, qui se fripe de bonne heure. Déjà, de chaque côté de la bouche, s'y dessinent deux plissures quand elle sourit. Elle est vêtue sans grâce, d'une petite robe d'été à fleurs, dont l'empiècement du dos fronce au-dessous des épaules, qu'elle doit avoir maigres. Ses bras, longs, blancs, sans modelé, sortent, en tiraillant sur l'échancrure, des emmanchures trop ajustées qui pincent quelques poils blonds. Elle n'intervient dans la conversation que rarement et brièvement, ne se départissant point de cette aura de douceur timide mieux faite pour approuver que pour elle-même se mettre en avant. Elle est confinée dans une restriction de sa personne qui tient à la fois d'un pli à l'obéissance, de la tolérance absolvante et d'un fond d'ennui, de lassitude ou de nonchalance innée; tous traits propres à sa mère, que seuls l'âge et la pratique de vivre ont en elle atténués. Toutes deux laissent sourdre à l'endroit de l'expansion profuse du docteur une candide, une authentique admiration, peut-être apparentée à de l'étonnement devant la constance de ce déploiement qui leur est, par nature, si étranger, qu'on remarque qu'il ne manque pas de les subjuguer un peu.

Finement accommodé, le repas est abondant, accompagné des vins qui conviennent. Ce n'est pas sa femme, mais le docteur qui veille à ce que votre verre soit rempli, à ce que vous repreniez d'un plat; complimentant la bonne sur le degré de cuisson de la viande, exhortant sa fille à manger davantage, mangeant lui-même de bon appétit, sans pour cela renoncer à soutenir l'essentiel de la conversation, surtout édifiée sur maintes anecdotes professionnelles d'où surgissent des portraits de sa clientèle qu'il brosse habilement, dans une teinte d'humour très naturelle qui captive l'attention (il est dommage pour lui qu'on soupçonne que sa femme et sa fille en connaissent la substance). N'empêche : il s'établit autour de cette table, dans cette salle à manger confortable, une chaleureuse atmosphère de cordialité familiale qu'on a de l'agrément à laisser vous envelopper. Il fait bon, un parfum de fleurs entre du jardin par les fenêtres ouvertes, l'éclairage matelasse la pièce, l'appoint des vins enfume un superflu de lucidité; quelque chose en soi s'est glissé, s'est répandu, ramifié, de lénifiant; cet homme est sans malice, et il vous vient de la sécurité à savoir qu'il n'y aura pas de brisure dans la rumeur de son bavardage ; ces regards falots des deux femmes, en face de soi, leurs gestes sans brusquerie, la tempérance à tout de leurs sourires, forment le contrepoint douceâtre de ce coin pacifique d'univers. L'heure passe, le temps s'écoule ; on enfonce, bienheureux, dans le duvet d'un engourdissement...

18

Thieboz était à la pêche, quelque part sur le lac. J'ai demandé à sa femme l'autorisation d'utiliser la seconde barque. Elle n'a pas su — ou pas voulu ? — m'indiquer l'endroit où elle est amarrée.

J'ai fait le tour de la petite anse. La barque, jaune et rouge, n'y était pas. J'avais l'intention de me baigner loin de la rive. Je ne me suis pas baigné du tout. (Les familles en villégiature sont arrivées déjà.)

Je n'avais pas emporté de livre. Je suis allé m'asseoir à la terrasse de l'un des hôtels en bordure du lac. Un groupe de jeunes gens, filles et garçons, était attablé à proximité. J'ai noté que ce négligé qu'ils affichent dans leur façon de se vêtir doit être moins un signe d'indifférence sur ce point qu'une recherche car, au vrai, tout ce qu'ils portent est d'excellente qualité et a certainement été choisi avec attention.

A ce que j'ai cru saisir de leur conversation, ils n'étaient ici que de passage (pourtant, il m'a semblé que je connaissais l'un des jeunes garçons qui, d'ailleurs, m'a regardé à plusieurs reprises, mais sans montrer que je ne lui étais pas inconnu). Rapidement, ils sont devenus bruyants ; en particulier les jeunes filles, avec leurs éclats de rire outrés qui paraissaient ravir les garçons ; chacun d'eux s'efforçant, sans y parvenir beaucoup, du moins à mon goût, à la fantaisie dans ses propos. (Étais-je aussi saugrenu à leur âge ? Probablement oui. La jeunesse est le temps de la stupidité exaltée.)

Tout de même : gêné par leur vacarme, je me suis en allé. (Le jeune homme m'a regardé partir. Nous nous connaissons.)

Ainsi délogé, j'ai pris par la route à l'opposé de chez moi, puis par un sentier qui m'a conduit à cette chapelle où souvent, autrefois, je me rendais en promenade ; inexplicablement attiré par le lieu où elle est située, une éminence d'où l'on domine le lac et le village.

J'y retournerai.

Je connais ce jeune homme, qui est le fils d'un dentiste, ami de M. Si j'ai bonne mémoire, il a dû même quelquefois, amené par M., venir jouer chez moi.

Quant à M., j'attends qu'elle se manifeste. Et quand elle se manifestera, je me souviendrai qu'elle a tardé beaucoup à se manifester.

Dans sa seconde moitié, le sentier de la chapelle traverse un sous-bois en longeant pendant trois ou quatre cents mètres le bord d'un précipice.

Je revenais de ma promenade, tout à la pensée admirative de ce que j'avais vu. Dans la couche de silence environnant où se fondaient seulement des chants d'oiseaux et le bouillonnement assourdi du petit torrent, au fond du ravin, j'entendis une première fois un bruit de branches sèches brisées, que je mis au compte de quelque animal fuyant, apeuré par ma présence. La répétition du bruit me fit m'arrêter et regarder autour de moi. Accroupie dans l'embroussaillement des branchages morts, je distinguai alors une vieille femme, habillée de noir, qui m'observait. J'en fus pétrifié. Une faiblesse paralysante se coulait dans mes jambes. Je sentais trembler mes mains que j'avais dans mes poches.

Découverte, mais sans se dresser, comme si elle eût été accoutumée à se déplacer dans cette position, la vieille femme se glissa derrière un épaississement des arbustes où elle disparut à ma vue. Elle, par contre, devait me voir encore.

Un foulard noir cernait son visage.

Il y eut ces nuits affreuses, ces nuits horribles de mon enfance, pendant lesquelles je ne pouvais trouver le sommeil, les yeux grands ouverts dans la pénombre, guettant, écoutant, figé dans l'attente de quelque chose de terrifiant, d'un danger imprécis, épouvanté par chaque craquement, dont on ne sait d'où il provient dans la chambre, et que l'oreille n'identifie pas; l'imagination alarmée peu à peu transformant en figures mouvantes les ombres vacillantes suscitées par cette trouble clarté en provenance de la fenêtre, les rideaux comme de longs corps blanchâtres privés de consistance, les minces supports de bois des carreaux s'animant insensiblement, ondulés, vipères qui s'éveillent; un bruit inconnu dans le jardin, un choc sourd contre les volets, la certitude qu'on marchait dans le couloir menant à ma chambre, convaincu qu'une main allait bientôt faire tourner le loquet de ma porte; songeant avec terreur que mes parents, couchés au second étage, ne m'entendraient pas hurler; m'écartant sans bruit vers le côté du lit éloigné de la porte, les doigts crispés sur le rabat du drap et des couvertures, contenant mon envie de pleurer, malheureux, la poitrine lourde, le cœur agité, et priant, priant sans suite, interrompu par une alerte nouvelle, suppliant que je fusse sauvegardé.

Il y eut le grenier, où un jour je m'aventurai, aussitôt absorbé par la découverte, dans une vaste malle, de tout un amoncellement de jouets anciens qui durent exclusivement me retenir pendant au moins deux heures; jusqu'à ce que, enfin, l'attrait de la nouveauté s'émoussant, j'eusse la sensation derrière moi d'une présence. Je me retournai : dans le fond du grenier, éclairés en contre-jour par les fenêtrons au ras du plancher, une rangée de mannequins de couture me faisait face; certains ayant une tête et des bras, dont quelques-uns, levés, tendus, leurs mains aux doigts trop longs ouverts dans ma direction, semblaient vouloir désespérément se saisir de moi. Je me glaçai. Je ne pus quitter l'endroit, jusqu'au bout les yeux fixés sur cette haie de personnages impassibles, qu'après m'être longuement repris.

Je me renseignerai sur cette vieille femme. On doit la connaître dans le pays.

19

Dans un hôtel de Lucerne, il y avait un homme au teint bilieux qui, à tous les repas, se présentait en smoking et ganté de blanc.

20

Que Ta volonté soit *faite*.

La part de lui-même destinée au luxe, à l'argent, aux femmes, aux vanités, aux jouissances faciles.
La part de lui-même destinée à l'austérité ; glaciale, durcie.

Ces visages de femmes, beaux comme des masques antiques ; que l'on devine ne recouvrir que froideur. Leur parfaite beauté est, par là, altérée, comme par un manque, une amputation. Beautés sans *souffle*.
Que la perversité discrètement apparente peut embellir un visage de femme.

Simple, mais vrai contentement, que d'entrer au moment du coucher, dans la chambre agréablement aménagée et décorée. L'odeur de lessive des draps propres. Tiédeur de la pièce chauffée par le soleil de la journée, où flottent comme en traces légères les saveurs de la campagne.

Ce sont des sensations de cette nature, des minutes aussi fugaces, mais profondément ressenties, qui sont le bonheur ; qu'il faut s'appliquer à savourer.

Ce sont ces instants, ces détails infimes que, plus tard, l'on regrette, qui vous bouleversent aux larmes lorsqu'ils sont à jamais disparus.

Il est des femmes qu'on aimerait posséder et, si on les possédait, dont on aimerait se défaire.

De vraiment grand ou de vraiment abject, que ce par quoi l'on se distingue des autres.

Il ne sait pas prier : seulement parler à Dieu, qui est la dernière idée qu'il puisse aimer encore.

Comme on goûte mieux les choses qu'on sait pouvoir perdre.

Leur échapper par un sourire, dont ils ne soupçonnent pas le mépris. Les tenir à distance par une *extrême politesse*.

Il faut se familiariser avec l'idée du suicide : il peut à tout instant être nécessaire.

Parce que l'air s'est rafraîchi, après un gros orage, le vent presque froid, il a l'impression de retrouver cette particulière atmosphère des jours d'hiver, si propice à la sérénité ; la maison calfeutrée, le bureau bien chaud, la robe de chambre épaisse, les soirées et les nuits silencieuses, le molleton de la neige, la lampe sur la table, le papier blanc, l'encre, les livres, l'ardeur close de l'esprit ; ce lent et grave rassemblement sur soi. Le feu qui grésille derrière lui, au fond de la pièce.

A la fin, n'y aura-t-il qu'un tête-à-tête entre Dieu et lui ?

21

Amusé, j'ai cru comprendre qu'Adrien réprouvait que je n'eusse pas d'automobile.

— De nos jours, n'importe qui en a une.

Ma première repartie eût été celle-ci : du moment que n'importe qui en a une, je n'en veux pas.

J'ai souri.

Je ne saurais exprimer ce qu'il me semble ressortir de puéril et de trivial de cet étrange accointement entre l'homme et une mécanique.

Ce jeune homme, rencontré cette fois dans le village où j'avais affaire, m'a salué au passage d'une inclination de la tête — je ne m'étais donc pas trompé.

Il était devant la poste, planté en compagnie d'une jeune fille. Si je l'avais trouvé seul, j'aurais été à lui, et, dans la conversation, me serais informé s'il a récemment vu M. (Pourquoi en me saluant, a-t-il rougi ? Fâcheuse, encombrante timidité de la jeunesse, qui nous gâche jusqu'aux plus simples de nos gestes, jusqu'aux plus purs de nos élans et, quelquefois, nous les interdit; nous laissant regarder pour des indifférents ou des rustres, quand nous ne sommes que les victimes malheureuses d'une insurmontable pudeur. Ai-je assez souffert de ces manquements involontaires! Il y avait un ami de mon père, M. Gros, dont je redoutais la venue chez nous où, lorsque je paraissais devant lui, retenant ma main dans la sienne, il ne manquait pas de s'exclamer, me désignant à mon père :

— Voici donc ce jeune garçon qui fait semblant de ne pas me voir quand nous nous croisons en ville!

Ma confusion était à son comble. Si aiguë que, aujourd'hui encore, l'évocation de cette scène me cause un malaise.)

Ma proposition lâchée, j'ai eu tout de suite le sentiment d'avoir offensé Thieboz en lui laissant entendre que j'avais pu concevoir qu'il envisagerait de me louer l'une de ses barques.

Il avait l'air étonné, chagriné de cet impair de ma part, comme si j'avais porté sur lui un jugement de valeur le dépréciant; et, ressenti par lui, c'était, en effet, le cas.

— Si vous voulez la barque, vous n'avez qu'à la prendre, voyons! Je ne fais pas de locations.

Je me suis rattrapé en jouant d'hypocrisie : invoquant l'accueil réticent de sa femme, dont je n'ignore pas qu'il la déteste.

La manœuvre a pris. Ce renversement a fait que

c'était lui qui estimait me devoir des excuses et des explications :

— Cette garce me brouillerait avec tout le monde !

Il m'a remis une clef du cadenas qui verrouille la chaîne d'amarrage de la barque.

C'est Roger qui m'écrit, me remerciant avec effusion et me peignant une fois encore, tout au long, l'enthousiasme de sa fille à la pensée de ces vacances et à celle aussi de me revoir car, selon Roger : « Elle a de toi un bon souvenir. »

D'elle, j'en ai fort peu. Si la date me convient, elle arrivera au début du mois.

Au début du mois, ou plus tôt, ou plus tard, cela me convient ! cela me convient !...

On n'imagine pas les incalculables vertus du refus. Ce qu'on gagnerait en tranquillité à savoir refuser net.

... et ma surprise lorsque Clémence me fait constater que le début du mois est dans quelques jours !

La Bruyère : « Lorsqu'on désire, on se rend à discrétion à celui de qui l'on espère : est-on sûr d'avoir, on temporise, on parlemente, on capitule. » (M.)

22

Clémence a pensé à me souhaiter mon anniversaire. (M., non.)

Elle met à préparer la chambre de Geneviève autant de soin, d'empressement, autant d'ardeur que si elle devait y recevoir l'une de ses parentes.

Cette enfant ne sera d'ailleurs pas moins bien accueillie par Adrien, qui se réjouit de sa venue :

— On est toujours content d'avoir des enfants autour de soi.

A la vérité, je suis le seul à bouder un peu cette présence future.

L'eau, le ciel bleu, le silence, la solitude, les clapotis sur les flancs de la barque, me remettaient en mémoire les images de mes traversées.

En longeant à distance un endroit de la rive, il m'a semblé qu'une femme, agitant un bras levé au-dessus de sa tête, m'adressait ce signe. J'ai obliqué vers le bord, dans sa direction, tandis que, de son côté, elle se rapprochait au plus près de l'eau.

Lorsque l'écart entre nous a été suffisamment réduit pour qu'elle pût voir mon visage, reconnaissant qu'elle s'était méprise, elle m'a souri et fait un geste de la main qui eût pu être de regret. Je me suis écarté.

L'audace aidant (mais j'en manque singulièrement) le tour de la situation m'eût autorisé tout à fait à amorcer avec cette femme la conversation, à l'inviter même; quelque chose de son comportement m'a fait croire qu'elle n'eût pas refusé. (Dans ma vie, nombre d'aventures sont restées sans développement par la cause de cette absence d'aplomb auprès des femmes au moment opportun.)

Rien encore n'est évidemment perturbé, Geneviève ne sera ici qu'après-demain; cependant la pensée est absorbée, mobilisée par l'attente, et n'a plus son assise habituelle.

Ivresse de la femme.

Me repaître les yeux d'un joli visage.

Quand cette inconnue m'a fait signe, j'ai aussitôt pensé que ce pouvait être M. Et mon cœur s'est pris à battre. Stupide.

23

Est-ce là l'enfant qu'on attendait ?

Je ne m'étais pas représenté ce que pouvait être une adolescente de quinze ans. (Adrien et Clémence moins encore que moi, qui ont été interloqués en la voyant.)

J'ai cette âme solitaire amoureuse des hauteurs.

Ce qu'il en est dans l'esprit de chacun de la loi de nos rapports avec les autres. Ayant dîné chez le docteur Challes, Clémence m'a demandé si je ne songeais pas à rendre l'invitation. Ironique, j'ai répondu que rien ne pressait.

Voilà un dîner qui, si je n'y ajoute le pendant d'un autre à ma charge, me vaudra une jolie rancune de la part de la famille Challes ; et qui emporterait l'approbation générale.

Que je n'aie accepté cette soirée qu'en me rendant aux insistances véhémentes du docteur et pour ne pas passer pour incivil ; que j'aie consacré à ces gens de mon temps, qui eût, à mon gré, été tout aussi agréablement employé à la lecture ou à la rêverie : cela ne suffit point encore et ne saurait, aux yeux du monde, me dispenser d'égaliser la politesse ; quand bien même le docteur serait de ma trempe et n'aurait qu'un goût modéré pour les relations de bon voisinage, n'importe : je dois ce dîner et il se devra d'y venir quand je l'y convierai.

Personne n'a pu me dire qui est cette vieille femme que j'ai aperçue dans la forêt. (On écoutait mes explications d'un air dubitatif.)

J'en parlerai à Thieboz. Ou, mieux encore, au docteur, qui doit connaître tous les habitants.

24

Lettre de M.

Maniérée, pleine de réticences incompréhensibles, d'allusions impénétrables, de formules mondaines d'un pitoyable archaïsme, d'insinuations obscures à profusion soulignées par des points de suspension sur la longueur d'une ligne. A quoi ce charabia rime-t-il ? Je l'ai eue sous moi, que diable !

Quatre pages et demie de sa gigantesque écriture pour, au total, me signifier qu'elle me reverra avec plaisir, — qu'elle m'attend.

C'est moi qui l'attends. Je le lui ai écrit. Et en deux lignes.

Huitième épître de Paul aux Romains : « Or, nous savons que, jusqu'à ce jour, la création tout entière soupire et souffre les douleurs de l'enfantement. »

Ce n'est pas tant, qui est impure, la chair que la pensée.

Une petite main gantée. Sur une nuque fragile et blanche, une mèche folle. Un profil à la bouche entrouverte.

Troublante, indéfinissable, insidieuse poésie de la femme. (Elle avait environ vingt-cinq ans. Sur le quai de la gare.)

25

L'éraflure qui zèbre le dos de la reliure m'a sauté aux yeux. C'est d'une griffure d'ongle qu'on a entamé l'épaisseur du cuir. Naturellement, on s'est gardé de m'en prévenir. On s'est évertué même à me le dissimuler; sur son rayon le livre abîmé masqué par un gros coquillage qu'on a intentionnellement déplacé de quelques centimètres.

Ces précautions, ces manœuvres dans la tromperie, qui n'avaient pour but que de retarder le moment où je m'apercevrais du dégât, empêché alors, incertain des circonstances, de porter une accusation; ce calcul, cette invention pour susciter le doute sur l'origine de l'accident : voilà qui me met hors de moi.

Détestables et dangereux dans leur lâcheté sont ces gens qui combinent pour se blanchir d'une responsabilité qui leur incombe. Cela a toujours passé mon entendement et provoqué ma révolte. (Je n'ai pu oublier d'avoir été à tort accusé et puni par mon père, contre toutes mes dénégations, mes serments mêmes, pour un menu délit dont je n'étais nullement coupable et dont l'auteur, forcément présent dans la maison, me laissait la charge. Mon humiliation avait été cinglante de passer aux yeux de mon père pour un être de si peu de qualité qu'il choisissait de dévaloriser sa parole plutôt que d'endosser sa faute. Mon père, lui non plus, n'avait rien oublié de cet incident dont, plusieurs années après, nous reparlâmes; me disculpant cette fois d'une suspicion qui avait persisté. En dépit de la banalité du fait, mon bonheur fut grand ce jour-là lorsque mon père, posant sur mon bras sa main qu'il y serra, me dit :

— Nous avons bien fait de revenir sur cette histoire, vois-tu.

Quelques jours plus tard, y ayant réfléchi encore, il vint un après-midi me trouver dans ma chambre, me livrant le nom du coupable, qui ne pouvait être qu'un domestique qu'il affectionnait et qui était mort soigné par lui dans les heures qui avaient suivi son accident.

— Pauvre Charles. Il n'était pourtant pas homme à manquer de courage...

Je vis mon père chagriné par cette défaillance ancienne, de quelqu'un qu'il avait aimé.)

Clémence n'a su opposer à mes reproches que ses larmes; aboutissant, hors de propos, à m'offrir de payer elle ne savait au juste quoi : la réfection de la reliure, la reliure, le livre lui-même... Elle faisait grand usage d'un mouchoir blanc si large qu'il aurait pu lui servir de foulard.

Geneviève est apparue sur le seuil du bureau, dont la porte était restée ouverte. Dans son regard, j'ai vu que le tableau que nous formions,

Clémence en sanglots dans son mouchoir et moi grondant, le livre en main, devait présenter bien du ridicule.

Gêné, j'ai remis à sa place le livre et renvoyé Clémence. Au passage, Geneviève n'avançant que sa tête l'a vivement embrassée sur une joue.

A genoux sur la terre, elle approche d'elle une rose qu'elle tient comme un calice entre ses paumes et y enfouit un instant son visage, les yeux fermés.

Adrien m'a dit, sur le ton de la révélation :

— C'est une bonne petite : elle aime les fleurs !

Que ne donnerait-on pas — que ne donnerais-je — pour jouir encore d'une pareille simplicité dans le jugement ?

A propos du livre accidenté, parlant de sa femme :

— Eh ! vous me l'avez secouée !

Enchanté, comme d'une plaisanterie.

Le jardin est beau.

Épanouies, généreuses, les fleurs y composent leur très subtil assemblage de coloris. Geneviève est sensible à ce charme filtrant du paysage. Elle a admiré la lente dégradation du jour sur la montagne qui, d'abord, rosit ; de larges vasques d'ombre limpide s'incurvant sur ses méplats, puis bleuit toute, comme enveloppée, nappée par un voile poussiéreux, et enfin s'assombrit, impose sa masse noire, puissante, inquiétante presque; tandis que derrière elle flamboient encore, peu à peu diluées, les rougeurs du soleil.

Elle suivait ce spectacle depuis le jardin, grimpée sur le rebord d'un muret. Je l'ai fait venir à la fenêtre de mon bureau, d'où la vue s'étend de toutes parts sans obstacle. Nous sommes restés là pendant la durée du crépuscule.

Elle a de beaux cheveux noirs, coupés haut sur la nuque.

Nous sommes convenus qu'il nous serait commode de continuer, comme j'en ai l'habitude, de prendre dans mon bureau nos repas, plutôt que dans la salle à manger où nous avons la sensation, isolés chacun d'un côté de la table, d'être à la parade.

Elle trouve belle la maison. Elle n'en avait qu'un souvenir confus.

Elle viendra, mais je n'irai pas. (M.)

J'ai relu sa lettre. Sotte. Sotte. J'aurais aimé l'avoir devant moi. C'est ce que je lui aurais dit, marquant l'ironie, qu'elle supporte difficilement : « Vous n'êtes plus d'âge à ce genre de sottises, voyons ! »

Dans le volume du *Journal intime*, de Sully Prudhomme, ayant appartenu à mon père; que je trouve en classant les livres d'un des rayons de ma bibliothèque : « La terre est dégoûtante; on a beau se raisonner, et tâcher d'estimer la vie pour se rendre utile et s'honorer, il semble qu'on s'honore davantage en refusant de se mêler à ce tripot. Les hommes gais qui prennent à cœur ce qui se fait sous leurs yeux, qui en parlent avec passion et font cause commune avec les vivants, excitent mon étonnement, et, suivant leur dignité et leur conviction, mon admiration, ou ma pitié, ou mon aversion. C'est moi qui suis le malade ; la santé se reconnaît à ce signe que la vie consiste à plonger ses racines dans son élément terrestre et s'y complaît ; toute révolte contre la nature, contre les conditions de l'essence, est stérile et morbide. »

Ce passage, encadré au crayon, l'a-t-il été par mon père ?

On ne connaît rien de ceux qui nous entourent, de ceux qui nous sont chers. On les regarde sans les voir, on les entend sans les comprendre, on les aime sans les pénétrer : ils disparaissent, étrangers à nous comme à eux nous le sommes ; et, après nous, ce désert se prolonge.

« Les hommes gais. »

Oui... Il y a des hommes *gais*.

26

Grâce particulière du dimanche.

Seigneur ! Seigneur ! Seigneur !

On ne peut être en Toi sans souffrir. On ne peut y être sans solitude.

Qui gravit, souffre et s'éloigne. Mais au moment du sommet est le repos. Là où il n'est plus de comparaison pour se savoir solitaire.

(La première cloche, entendue dans ce nœud du silencc.)

Sang. Sang. Sang.

Sang de la Rédemption.

Sa mère venait doucement l'éveiller, l'embrassait doucement sur le front, relevait d'une main ses cheveux, glissait sous lui ses bras, l'en enveloppait et le ramenait contre elle, encore étourdi de sommeil. Il laissait aller sa tête ballottante sur cette épaule nue dans l'évasement du col de la robe de chambre. Profondeur chaude. Profondeur odorante. Elle le descendait dans ses bras. L'escalier crissait. Il prolongeait contre elle sa somnolence. La grande horloge du palier sonnait. En bas, la porte du vestibule était ouverte, comme repoussée par la vague de soleil qui s'aplatissait sur le carrelage miroitant. Il entendait la voix de son père, dans le jardin. La rampe et toutes les boiseries qui défilaient lentement sous ses yeux, qu'il tenait entrouverts, semblaient être gonflées de chaleur, comme la croûte des gâteaux qu'on retire du four. Le dos arqué, sa queue dressée, le chat les attendait au pied de l'escalier. C'était une petite bête noire et blanche.

Son père apparaissait dans le vestibule, sa stature dessinée sur le fond de lumière, comme ces silhouettes découpées dans du papier noir. Il était grand. Fort. Il tendait ses bras, dans lesquels sa mère le basculait. Alors, l'odeur changeait. Le léger et tiède parfum de l'épaule était remplacé par ce goût qu'il ne savait approximativement définir qu'en le comparant à celui du cuir, mais il s'y mêlait un aigrelis de savon et une autre senteur encore qu'il n'identifiait jamais. Ce gros visage d'homme, ces baisers rudes, la force de ces mains qui le soutenaient au-dessus du vide lui causaient quelque frayeur; de celles qu'il n'est pas désagréable de ressentir, parce qu'en même temps on se sait protégé.

Quand on l'asseyait dans la salle à manger devant son bol rempli, il savait qu'en face de lui, par la fenêtre ouverte, il allait voir passer Charles, qui revenait de la messe. C'était dimanche. Et le dimanche ne ressemblait pas aux autres jours.

27

Il voit comme elle se concilie les grâces de l'un et de l'autre, comme elle s'entend, par instinct, à plaire et à séduire ; proposant à Clémence son aide, entretenant Adrien de ses fleurs, de ses légumes, se faisant montrer la resserre où il a un établi et son matériel de bricolage, se renseignant sur les variétés de semences conservées dans de longs tiroirs étiquetés, sur les époques qui conviennent à leur mise en terre, sur les résultats qu'on en peut espérer ; écoutant sérieusement les longues, longues explications détaillées qui lui sont, avec ravissement, fournies ; mais si, dans le même temps, l'on vient à passer par là, on peut juger, au regard de côté et à l'esquisse de sourire qu'elle vous adresse, de l'authenticité de son intérêt. (A-t-elle conscience de jouer de sa dupe jusqu'à se la soumettre ?)

Après quoi, Clémence ne fera d'elle que des louanges, et Adrien, les yeux humides, vous confiera :

— Voyez, monsieur, cette petite-là me rappelle ma fille.

La suite de sa phrase encore en suspens, il se tournera vers elle qui se promène un peu plus loin dans le jardin :

— A son âge, notre fille était comme elle. Ah, voyez, les enfants ne devraient pas partir avant les parents.

Lorsque Adrien, qui penche avec elle à être plus loquace qu'avec quiconque, lui apprendra qu'il a eu une fille qui est morte, elle aura l'esprit de lui sauter au cou et de l'embrasser, le bouleversant au point qu'il se laissera voir ensuite dans son émotion, plus capable que de balbutier :

— Ah, voyez, cette petite... Ah, nom de Dieu...

Et l'on remarquera quelles délicatesses, quelles attentions elle aura suscitées à son bénéfice chez ceux pris à son charme; quelques beaux fruits cueillis par Adrien le matin même accompagnant son petit déjeuner, ou encore le chocolat tenu au tiède sur un coin de la cuisinière, parce que c'est ainsi, longuement mijoté, qu'il est le plus savoureux; Clémence comptant pour rien ce léger surcroît de besogne dans les préparatifs du matin; d'ailleurs récompensée, elle aussi, par une effusion joyeuse, car les embrassades sont d'une grande efficience sur les cœurs, et qu'il est désormais admis qu'on ne saurait au moindre prétexte s'en dispenser.

Sans doute est-il, au milieu de cet engouement, quelque peu rétif; et elle le sait.

Elle le sait, et elle usera avec lui d'autres biais, qu'il attend de voir poindre.

Celui qui mange avec moi le pain
A levé son talon contre moi.

Regina Coeli.

28

Elle m'a remercié d'avoir fait suivre au taxi qui nous ramenait de la gare, le jour de son arrivée, la route en bordure du lac, qui n'est pas celle du plus court itinéraire.

J'avais pensé qu'il serait plaisant pour elle de se trouver, dès les premières minutes, au plus beau du paysage.

Elle a voulu me faire savoir que mon attention, dont elle s'avise à retardement, l'a touchée ; et elle l'a manifesté très bien, avec une justesse de retenue dans la spontanéité étonnante chez une enfant. Si bien même que, pris au dépourvu, je n'ai su lui répondre rien qui eût été de circonstance. (Il a fallu qu'elle apprenne que le trajet suivi n'est pas celui qu'on doit emprunter. Adrien a dû la détromper, après qu'elle lui eut dit que déjà elle avait fait en venant ici le tour du lac.) J'étais attendri.

Je l'ai accompagnée une première fois à la baignade. (Il y a apparence qu'elle préfère sortir en ma compagnie plutôt que seule. Cela est bel et bon, mais je veillerai à ce qu'elle ne m'en fasse pas une servitude. Si, après le déjeuner, je ne quitte pas mon bureau, soit elle monte dans sa chambre, soit elle va s'étendre sur l'herbe, à l'endroit du jardin qu'elle s'est choisi, proche du grand massif de rosiers, où je suis assuré, plus tard, de la retrouver ; quand elle n'a pas rejoint Clémence dans sa cuisine.)

Enfin, elle est en tout charmante.

M. prétexte d'une fatigue consécutive à un gros rhume (en cette saison ? — ce n'est pas exclu absolument) pour ne pas se déplacer et me renouveler qu'elle m'attend chez elle, bien qu'elle soit « laide à faire peur ».

J'attendrai jusqu'à son rétablissement.

Ni Thieboz, qui a eu la gentillesse de venir jusqu'ici m'apporter un panier de friture, ni le docteur Challes, n'ont jamais eu connaissance dans le village ou aux alentours d'une vieille femme telle que je la leur ai décrite. (Le docteur, au beau milieu du trottoir, s'esclaffant : « Ectoplasme, mon cher, ectoplasme ! » On nous regardait. Ce genre d'hommes n'est qu'épisodiquement supportable.)

Du haut de la terrasse de cet hôtel, en Italie, où je m'attarde, seul, goûtant le peu de fraîcheur que le soir dispense ; engourdi, comme épaissi par la chaleur torride de la journée, je la vois traverser la petite place, les pieds nus, la démarche lente et balancée, la tête haute et fine, qui maintient en équilibre la jarre remplie d'eau. Elle est belle. Digne. Souveraine. Elle passe. Ce n'est qu'une apparition. Et je ne sais pas si je ne l'ai pas rêvée. Il n'y a de fontaine ni sur la place, ni dans les rues avoisinantes.

Ma mère avait une amie d'une beauté de visage si frappante, si pure, si évidente, que lorsqu'elle se penchait vers moi pour m'embrasser, enfant que j'étais, réellement je redoutais qu'à mon contact quelque chose de cette perfection ne vînt à se fêler ; comme il m'était survenu en manipulant un sujet en biscuit dont me ravissait la contemplation. Cette amie de ma mère avait toujours les lèvres glacées.

De longtemps, elle ne parut plus chez nous et je l'avais oubliée ; mais un jour je discernai dans une conversation entre mes parents qu'elle était morte. Même, on me mena sur sa tombe.

Pendant mon voyage de retour, profitant, au petit matin, d'un bref arrêt du train dans une gare de passage pour faire sur le quai quelques pas de détente, je vis cette femme, à une courte distance de moi, sortir de la gare et, avant de disparaître, se retourner, s'immobiliser un instant et me sourire. Seule nous séparait la largeur de la voie ferrée.

29

Je lui ai fait visiter la maison. (Elle ne se souvenait vraiment que de l'emplacement de la chambre où, autrefois, elle avait couché; se la rappelant très vaste, quand ce n'est, dans le fond du vestibule, qu'une pièce d'angle du rez-de-chaussée aux proportions ordinaires.)

Je lui ai montré, sous l'escalier, le renfoncement où je m'établissais avec mes jouets. J'aimais cette sensation de n'être pas aperçu de ceux qui passaient là devant moi. Prévenu par le bruit de leurs pas, je m'immobilisais dans un total silence qui empêchait qu'on me remarquât. Je les entendais venir, et la tension en moi de l'affût augmentait à mesure qu'ils se rapprochaient; comme si, inconscients, ils eussent été, par ma volonté, destinés à un danger fatal que je leur réservais pour le moment où ils arriveraient à ma hauteur; comme s'ils se fussent, inéluctablement, avancés vers le piège que je régentais à leur intention. A ce jeu d'angoisse, mon oreille s'était familiarisée avec les particularités de la démarche de chacun. Le pas ferme et sonnant sur le carrelage était celui de mon père que, par ailleurs, admiratif, je m'essayais à imiter. Victorine, notre bonne, traînait des talons, dans de grosses pantoufles trop larges, dont à chaque pas la partie du contrefort se rabattait mollement sur le sol. Un martèlement vif annonçait ma mère, et Charles n'en finissait pas d'aplatir pesamment ses brodequins.

Les jours d'hiver, mon alcôve s'assombrissait de bonne heure, et il arrivait que je m'y endormisse, quelque jouet entre les mains ; ensuite réveillé en me sentant soulevé par les bras qui étaient venus me recueillir. Parfois aussi, mon père se plantait devant mon retranchement, piétinant sur place, prenant soin de rester à ma vue et, là, scrutant autour de lui, demandait plusieurs fois d'une voix forte si l'on m'avait vu dans la maison ; commandait à Charles d'aller chercher dans le jardin, simulait l'ennui, l'inquiétude de m'avoir perdu, se penchait, se retournait, s'écartait de quelques pas, revenait, me faisait assister à toutes les démonstrations de son impuissance à dessein outrée, qui me remplissait de joie maligne ; puis s'élevait la voix de ma mère qui mettait son terme à la comédie en conseillant à mon père de regarder dans le renfoncement où, ne ménageant pas ses exclamations de stupéfaction auxquelles je mêlais mes rires heureux, il faisait semblant de me découvrir enfin.

Je lui ai ouvert la petite pièce sur le jardin, où ma mère avait ses préférences, et la chambre du premier étage où est mort mon père. (Inspiré par je ne sais quel élan de confiante sympathie, j'ai retiré du tiroir de la table de chevet le chapelet de ma mère, que mon père, comme une relique, gardait ainsi auprès de lui. Je ne l'avais montré à personne encore. (M. n'est jamais entrée dans cette chambre.) C'est un chapelet d'ambre. Il manque un bras au christ de la croix. Je le tenais suspendu. Comme pour l'envelopper, Geneviève a placé autour sa main ouverte, qu'elle n'a pas refermée. Qu'elle se soit abstenue de le toucher, qu'elle ait eu ce geste de douceur, ce geste de caresse inachevée, m'a fait monter les larmes. Mais se peut-il qu'une enfant ait la perception de ces nuances dans la discrétion, ou cette retenue n'a-t-elle été que fortuite ?)

En quittant la chambre, elle était grave et cette gravité s'accordait si intimement à ma propre émotion que j'ai éprouvé une satisfaction paisible à la laisser, par le silence entre nous, se prolonger jusqu'à ce que nous fussions ensemble assis sur le banc du cèdre. Encore est-ce elle qui m'a demandé si j'avais bien connu sa mère et si elle était jolie. (Elle ne me regardait pas. Elle épluchait entre ses doigts une tige d'herbe qu'elle avait cueillie.)

Je lui ai dit que sa mère était jolie et qu'elle lui ressemble. Nous nous sommes tus. Clémence nous a apporté des fruits.

J'aurais voulu lui dire combien la gravité que je lui voyais m'allait au cœur. (Elle n'a que quinze ans. Comment se faire entendre ?)

On songe, par ces magnifiques journées de beau temps, à tous les malheurs qui nous pourraient accabler.

Je n'oublierai pas ce visage d'enfant grave.

Précédant Clémence qui venait nous servir notre repas du soir, elle est entrée dans le bureau apportant pour notre table deux roses dans une timbale d'argent.

Nous avons écouté de la musique. Elle était pelotonnée dans un fauteuil. Je fumais. Les crapauds s'appelaient dans le jardin. La nuit est venue.

Ubi eras Jhesu bone, ubi eras ? Quare non afuisti, ut sanares vulnera mea ?

30

Je lui ai prêté pour sa chambre la reproduction de *L'Église d'Auvers*, que j'avais au-dessus de la porte de mon bureau.

Nous avons parlé du peintre, de sa vie, et je lui ai lu tout au long la lettre qui commence ainsi : « Au fur et à mesure que le sang me revient... »

31

C'est en manière d'exorcisme qu'il est retourné dans cet hôtel (il a cherché sans la trouver la femme de la fois dernière).

Celle qu'il a suivie était jeune et passablement jolie. Elle lui a demandé s'il voulait qu'elle se dévêtît en entier. Il lui a paru qu'elle n'était pas déshabituée encore de la pudeur et ce reste de discrétion, de défense de soi, a éveillé son sang. Il l'a fait mettre nue. Elle a ôté, vite, sans le regarder, ses derniers vêtements. Elle avait un corps de jeune fille, un peu maigre, les seins petits et les côtes apparentes. Elle s'est jetée sur le lit, plutôt qu'elle ne s'y est étendue, comme si la position eût suffi à dissimuler sa nudité. Elle n'a pas eu vers lui de geste; tendue dans une sorte de garde-à-vous. Elle tenait serrées ses lèvres. L'une de ses mains, qu'il a prise, était froide. Il s'est légèrement écarté d'elle.

On allait et venait dans le couloir de l'hôtel. Le bruit contenu des portes ouvertes et fermées, le jaillissement de l'eau sur les lavabos, le sursaut passager de voix murmurantes entretenaient une rumeur d'église. Sur la partie du mur longeant le lit, la tapisserie avait été grossièrement rappropriée avec une pièce de papier peint dont les motifs entre eux ne se raccordaient pas. Le plafond était partout fissuré. La peinture des soubassements, écaillée. La chambre, cellule poisseuse, sentait le moisi. Il voyait dans la glace de l'armoire judicieusement disposée leurs deux corps allongés, nus. (Il se souvint que dans les chambres mortuaires on masque tous les miroirs.)

Étonné de son inaction, elle a dit :

— Alors ?

Il s'est levé et habillé.

Redressée sur le lit, elle le suivait du regard. Il est sorti.

Il a pensé à aller chez M. Il est passé devant ce café où, jadis, ils avaient leurs habitudes. Il a parcouru plusieurs fois la rue centrale de la ville. Il y a remarqué quelques belles femmes. Dans une confiserie il a acheté pour Geneviève la plus grande boîte de chocolats.

32

Geneviève l'attendait. (Geneviève l'attendait, puisqu'en entendant s'arrêter le taxi elle a couru dans le jardin et s'est trouvée sur la route avant même que le chauffeur ait entamé le demi-tour.)

Sans chercher à cacher rien de son ébahissement, elle s'est écriée, joyeuse :

— C'est pour moi ? Oh !

Jamais elle n'avait vu une boîte aussi grande. C'est une enfant.

33

Des enfants, elle a ces subits éclats de rire irrépressibles, chargés d'un singulier pouvoir communicatif vous portant à l'enjouement lors même qu'on en ignore leur cause; les voltes sans calcul au cours de la conversation, ce grand fond d'insouciance qui ne saurait être par rien grevé; les distractions, les brusqueries inattendues, les regrets, aussitôt estompés, d'une maladresse commise, l'ingénuité des attitudes, comme souligner son étonnement par un écarquillement des yeux, accompagner sa gaieté par des renversements de la tête, sautiller de plaisir, se précipiter sur vous en courant, attendre impatiemment une réponse en se mordillant le pouce, vous écouter parler, la bouche entrouverte.

Des enfants, elle a la simplicité de visage.

Elle chantonne, improvisant: « Je m'appelle Geneviève... la la la... » (Je l'observais par les fentes des volets de mon bureau.)

A la baignade, elle sort de l'eau en provoquant autour d'elle de grands éclaboussements.

Quand elle a faim, par avance elle se réjouit à la

pensée de manger; manifestant sa convoitise gourmande en se penchant au-dessus des hors-d'œuvre que Clémence a disposés sur notre table. Elle s'y assoit avec une sorte de fébrilité de tout le corps. Au retour d'une promenade, assoiffée, elle boit longuement, du même trait; le plaisir qu'elle éprouve à assouvir et à assouvir encore cette avidité, apparent, éclatant sur son visage. Désaltérée, elle pousse un soupir de contentement et dit :

— Ah! j'avais soif!

Elle ne sait pas exprimer toute sa pensée. Embarrassée, l'explication tourne court :

— Enfin, tu vois, quelque chose comme ça...

Elle dit :

— Je fais ma prière tous les soirs. Je demande et je remercie.

Il est des meubles anciens (la huche, dans le couloir de l'entrée) dont elle ne soupçonnait pas même l'existence.

Comme si elle redoutait de son goût qu'il la pût tromper et que, par la suite, il y eût quelque malentendu à propos de ses préférences, ou qu'elle dût à cause d'elles être contredite, péremptoire, elle affirme :

— Moi, j'aime ça!

Elle ne résiste pas au sommeil.

Elle se moque des travers qu'elle surprend chez les gens.

Elle évite à un insecte blessé la souffrance en le tuant, ou la mort en le retirant d'un récipient rempli d'eau où il est tombé.

Elle s'étonne en constatant que l'on connaît ce

qu'elle ne connaît pas. (Elle s'étonne de ce que l'on ne s'étonne plus.)

Elle est habituée à discerner dans les regards qu'on la trouve jolie. Elle n'est pas habituée à ce qu'on le lui dise.

Pour boire, elle tient à deux mains son verre. Il lui arrive, en mangeant, d'étaler sur la table ses coudes. Après avoir bu d'une boisson sucrée, elle passe plusieurs fois sa langue sur ses lèvres.

Des enfants, elle a parfois la naturelle impudeur.

« Je demande et je remercie. »

Ces prières doivent être reçues.

34

Passant devant la resserre où j'entends qu'on martèle ferme, j'en pousse la porte et vois Adrien à l'ouvrage sur un assemblage de tréteaux de bois.

Il confectionne pour Geneviève un siège de jardin sur lequel elle pourra à volonté s'asseoir ou s'allonger. Il en prend, sur un catalogue de jardinage ouvert devant lui, le modèle qui, sortant de ses mains : « sera deux fois plus robuste et moins encombrant à manier pour la petite ». Il m'indique les diverses modifications qu'il y apporte. Ce sera l'affaire de deux ou trois après-midi, mais jusque-là il n'en faut point divulguer le secret. Il tient à la surprise. (A ne rien préméditer, à n'entreprendre rien pour elle de particulier, je vais faire figure d'égoïste.)

Sa lettre, qu'elle a voulue mordante, ironique. Voilà une tournure où elle est sans adresse.

Je ne lui ai pas téléphoné, je ne lui ai pas envoyé les fleurs qu'elle s'attendait à recevoir après qu'elle m'eut informé de son indisposition la retenant à la chambre, je n'ai pas fait état dans ma dernière lettre d'une quelconque inquiétude au sujet de sa santé, je ne suis pas accouru chez elle, je n'ai cédé à rien des fadeurs de la galanterie, je lui ai signifié sans trop de détours que si elle désirait me voir elle aurait à se présenter chez moi, je ne me suis guère préoccupé de travestir mon peu d'empressement (elle sait la liberté de temps dont je dispose; peut-être même lui a-t-on rapporté m'avoir vu en ville?), elle connaît mon pouvoir dans l'indifférence; alors, sous l'affectation à railler, transparaît le dépit.

Se souvient-elle de moi si peu, qu'elle conçoive de me provoquer par le sarcasme, qu'elle n'a pas su même affranchir des traces de l'amertume?

Cela est vrai que dans les affaires du sentiment les femmes nous sont inférieures. Et point seulement à proportion de leur sincérité, mais peut-être que, pour le fond, le reconnaissant ou non, l'avouant ou non, elles se considèrent dans notre dépendance et que cette sujétion, au premier moment de la mésentente, leur impose le rang subalterne, d'où elles ne peuvent que solliciter, sinon implorer. Le retournement qui suit lorsqu'elles n'ont plus de doutes sur la rupture des liens n'en est que plus redoutable. Pas d'ennemie mieux acharnée, mieux impitoyable, mieux déterminée, mieux insensible enfin qu'une femme jadis amoureuse de qui l'a dédaignée.

Quelles visées du destin pour un temps nous accouplent à telle ou telle femme plutôt qu'à telle ou telle autre? Qu'en avons-nous retiré, ou perdu? quelles subtiles modifications en nous ces attaches ont-elles opérées ? dont nous n'avons souvent conscience qu'à peine.

M. : que fut-elle, autrement que pour mon plaisir ?

N'eussé-je point, par une autre, goûté aux mêmes satisfactions ? (Mais, auprès de V., avec qui je consentis de vivre pendant un an, c'est à elle que je pensais.)

A-t-elle vieilli ? Ou, plutôt : s'aperçoit-on qu'elle a vieilli ? (Que nos relations me semblent lointaines...)

Je n'irai pas.

Le dépit — plus encore le dépit amoureux — ne nous prive-t-il pas de l'élémentaire clairvoyance ? nous livrant à des humeurs qui peuvent passer pour sottes. (Si je me prenais à la plaindre, je la mépriserai.)

Comment a-t-elle appris que Geneviève est ici ? Je gagerais que c'est par l'intermédiaire de ce jeune homme, que nous rencontrons dans le village et à la plage où il passe ses après-midi ; et qui se borne à nous saluer de la tête, s'éloignant de nous presque aussitôt qu'il nous voit — timidité excessive et excessivement apparente, qui amuse Geneviève beaucoup — contre mon gré, car j'ai pitié de lui et le comprends trop bien — déployant sa malice jusqu'à traquer le malheureux jeune homme en tous points de la rive du lac, proche de la place où il se retranche. Elle en use en femme. Mon Dieu, l'escarmouche n'est pas sans attrait, si longtemps qu'on n'en fait pas soi-même les frais.

V., dans le plaisir, ne montrait pas, comme M., cette totale impudeur, ce total aveu des instincts, cet asservissement à la félicité sensuelle, dont la trivialité même est un excitant.

Si libre que, dans son plaisir, elle est deux fois nue.

Décidément, je suis seul à avoir jamais vu dans la forêt une vieille femme en noir.

35

Adrien a nivelé le morceau de terrain où il a installé le siège pour Geneviève ; ma foi fort réussi.

Elle a frappé. Exactement : elle a tapoté à la porte du bureau. Je ne l'avais pas entendue descendre de sa chambre. Elle a passé la tête dans l'entrebâillement. On eût dit qu'elle redoutait d'être prise en faute, grondée et refoulée.

Son expression, à la fois de repentir anticipé pour avoir osé me déranger et d'envie d'être accueillie, était assez comique.

Je lisais. Elle est venue se placer derrière mon fauteuil, penchée sur le livre, au-dessus de moi. J'ai poursuivi ma lecture. Du coin de l'œil j'apercevais une mèche de ses cheveux. Elle s'est accoudée au montant de l'appuie-tête. Son visage s'en est trouvé avancé à hauteur du mien. Elle sentait la savonnette, la peau propre. Je l'entendais respirer.

Dieu est dans toute beauté.

36

Vous êtes, ô mon épouse, le jardin fermé.

37

Après m'être vainement échiné à déplacer le banc de dessous le cèdre, où le réchauffement ne pénètre point — Geneviève m'ayant rejoint —, j'ai eu recours à l'aide d'Adrien, qui a fait seul le gros de ce changement ; mes manœuvres maladroites ne lui procurant que de la difficulté supplémentaire.

A la limite des manches retroussées de sa chemise, les muscles n'étaient qu'un nœud contracté dans la maigreur des bras, sous la peau si profondément bronzée qu'elle apparaît comme tannée. Entravé plutôt qu'avantagé par mon concours, il a fini par me dire :

— Laissez-moi faire, monsieur, ça va aller.

Malgré lui, il avait eu le ton du commandement.

Pour le dernier effort, empoignant le banc, s'en saisissant par un enveloppement de toute l'envergure de ses bras, penché, arc-bouté, accroché au sol des deux pieds, de ses deux jambes tendues, les épaules ramassées sur l'avant de sa poitrine, la bouche soudée entre les mâchoires durcies, je l'ai observé, qui rassemblait sa force, la domptait, en mesurait la résistance, la portée, ordonnait à ses muscles, leur signifiait le juste degré de puissance qu'il attendait d'eux ; vieux bélier robuste apprêté pour l'affrontement. Il était beau.

Mais pourquoi, ensuite, cet accès de gloriole ?

— On est encore solide !

Se battant les paumes l'une contre l'autre, une fierté triomphante dans le regard.

Nous créons Dieu chaque jour.

38

Roger m'a écrit.

Nous nous sommes pris à lui répondre ensemble, Geneviève et moi, entremêlant sur le papier nos phrases.

Nous étions épaule contre épaule, moi assis à mon bureau, elle debout, penchée à mon côté. Pour les dernières lignes de la lettre, nous avons essayé que chacun ajoute un mot au mot précédemment écrit par l'autre, tout en composant une phrase cohérente, en suivant ou en complétant logiquement le sens de la pensée de celui qui avait posé le premier mot.

Ce divertissement improvisé nous a occupés pendant une heure pleine.

39

Quand tout d'un être nous émeut.

40

Détourne de moi tes yeux, car ils me troublent.

La peau est brune. Lisse. Unie. Brillante. Pleine. Laque de la peau. Chair. Chair. Jeunesse de la chair. Cuir doux. Belle enveloppe animale. Sa vigueur. Sa souplesse. Velours nu. Y planter les dents. Y caresser sa joue. Y appuyer, y enfoncer la tête. Edredon vivant. Couche chaude. S'en saisir entre les mains. S'y alanguir. Chair. Chair. Finesse luxueuse de la chair. (Les jambes allongent dans le sable leurs fuseaux. L'arc des bras ronds entoure la tête. L'ombre creuse une partie du visage. L'oreille n'est qu'aperçue sous les cheveux noirs en mèches mouillées. Moule du cou. A demi nu dans la tenue de bain, le corps aux formes inachevées est d'une fragile étroitesse. Petite rotondité de l'épaule, comme l'ivoire des boules, mais bruni. Plisser les paupières et ne fixer, longtemps, dans ce profil menu, que le charnu des lèvres saillantes.)

— Qu'est-ce que tu fais ?
— Rien.
— Tu dors ?
— Non.
— Moi, je dors.

Un canot automobile frôle la rive à l'extrémité de sa longue courbe.

Puis, le silence.
Le clapèlement de l'eau.
La brise.
Le soleil.
Le chaud.
Le corps.

— Moi, comme ça, c'est comme si j'étais morte, mais je suis bien.

L'écho d'une voix rabattue par la montagne.

J'aimerais pleurer.

Douceur.

Les tendresses retenues.

— Quand j'aurai bien chaud, je me jetterai à l'eau !

Tes joues sont belles au milieu des colliers. Ton cou est beau au milieu des rangées de perles. Nous te ferons des colliers d'or. Avec des points d'argent.
Et ailleurs : *Habitante des jardins...*

Le bras se déplie. Retombe sur le sable. La main abandonnée. Les ongles sont très roses.

Quelqu'un s'approche, dont on ne se préoccupe pas, comme d'un indésirable. Il s'arrête. Il hésite. Il s'en retourne.

Un poisson de petite taille bondit hors de l'eau. Zébrure d'argent.

Où est le ciel ? Où est l'enfer ?
Qu'est-ce qui est du ciel ? Qu'est-ce qui est de l'enfer ?

L'instant, l'instant de beauté.
... car, cela est pur.

O! je te bercerais, je te bercerais. Immense en moi serait ma tendresse.

Les yeux s'ouvrent. Filet noir. Les yeux vous ont vu la regarder. Les yeux se referment.

Plus loin, sur un rocher avancé, des jeunes gens, en riant, essaient de se jeter mutuellement à l'eau.

S'écoulant du poing fermé en entonnoir, le sable s'amoncelle, enterre la petite main.

Ta joue est comme une moitié de grenade.

Enfants de Murillo. Visages de Van der Weyden.

Ce qui nous est refusé.

— Quand on a les yeux fermés au soleil, on voit plein de petits points rouges.
(Les yeux fermés au soleil. Si nous n'étions que des morts.)

La bouche sourit. Elle va parler. Elle ne parle pas. Le sourire se défait, s'efface. (Cela, dont il ne peut rien subsister.)

Une source fermée, une fontaine scellée.

Petit être beau. Jeune. Pur.

Moment d'offrande.

Il y a dix-sept ans mourait mon père.

41

Mon père.

Une photographie de lui, prise l'année avant sa mort. Déjà la maladie l'a changé. Autour des yeux anormalement élargis se dessinent les contours des orbites. Les angles des pommettes tendent la peau. La bouche est droite, ferme encore, son trait volontaire comme un support à la maigreur qui la surplombe. Le regard et son intensité fiévreuse. Le front est trop haut, trop large pour ce visage sans plus beaucoup de chair.

Il m'aimait.

Sa chambre, où je vais souvent. Le petit crucifix de cuivre, qu'il tenait de sa mère. Des boutons de manchettes, que j'ai conservés. Son portefeuille. Le chapelet de ma mère, qu'il me réclamait, quand il n'eut plus même la force d'étendre le bras pour s'en saisir sur la table de chevet; le gardant entre ses doigts, sans l'égrener, l'enfermant dans sa main — avec quelles pensées, quelles images du passé?

(Et je songe à Geneviève. Mon père eût aimé cette enfant.)

Il est très tôt. Adrien et Clémence ne sont pas levés encore. Je suis descendu prendre dans la cuisine mon café.

Seul dans la pièce bien propre, bien ordonnée, la fraîcheur du matin, sa pureté, s'infiltrant par la fenêtre entrouverte, je me suis rappelé avoir quelquefois trouvé mon père, chaque jour debout avant nous tous, à cette place même où je suis assis. Nous faisions ensemble le tour du jardin. Il aimait les arbres. Il les touchait, les flattait de la main. Il me tenait par le bras. J'avais un peu froid. L'herbe était humide. Il y avait des touffes de grands iris mauves, qui étaient ses fleurs préférées. Nous nous attardions à les contempler. Les rouleaux de brume blanche s'effilochaient lentement sur le corps de la montagne. En revenant à la maison, nous avions les pieds mouillés. (Ma mère, à cette époque, était morte déjà.)

Me vient une tendresse amusée à la pensée que là-haut, dans sa chambre, Geneviève dort.

Rien ici, à commencer par moi, n'est trop distrayant.

L'écart, l'écart infranchissable, qui nous sépare tous, Adrien, ou Clémence, ou moi, de sa jeunesse à elle.

Mais il n'y a pas, je crois, de signes qu'elle se déplaise à cette monotonie de nos seules présences.

Elle dort.

A l'endroit des enfants, nous éprouvons toujours que nous sommes leurs gardiens. Ce sentiment nous est doux.

Dors.

Elisée dit au roi d'Israël : Qu'y a-t-il entre moi et toi ?

42

Épître de Paul aux Romains : « Ainsi vous-mêmes, regardez-vous comme morts au péché... »

43

Si propice était la soirée que, sans avoir rien résolu, guidés plutôt par nos pas, nous nous sommes retrouvés hors du jardin, avons un moment suivi la route, puis obliqué par le premier chemin de terre qui s'est présenté à nous; d'abord plat et large, tranchant entre des herbages dont, en nous y engageant, nous nous étions promis que leur limite bornerait notre promenade; ensuite se rétrécissant, caillouteux et bosselé, avant de n'être plus qu'un sentier en raidillon bientôt pénétrant la forêt à flanc de montagne, çà et là détrempé par un ruissellement de source, encombré d'éclats de rocher, de branchages pourris, recouvert par une molle épaisseur de feuilles agglutinées, visqueuses sous le pied; parfois indistinct, comme s'étiolant sous une avancée touffue de fougères et de mousse, pour reparaître, plus loin, plus haut, son escarpement d'un coup accentué, étroitement contenu, comprimé entre deux rangées d'arbustes foisonnants, hissé par un renflement de roche et presque s'aplanissant, détente méritée, après l'avoir enjambé afin de gravir encore, grignotant, entêté, plus qu'à peine inscrit au milieu d'innombrables élancées de branches, de racines et de plantes, dérivé par leurs nouures souterraines, les contournant, s'en écartant, brusquement coudé et débouchant alors, sans qu'on pût aucunement le prévoir à l'issue de ce jaillissement, de cet enchevêtrement compact, sur une clairière naturelle, un îlot de végétation morte ou, plus haut encore, bordant, sur un côté, la cuve d'un ravin, sur l'autre un long pan de rocher noir, uni, outre massive au premier détour brutalement reconquise par la forêt, digérée, enfouie — cheminement vers des sommets enténébrés que, pour nous, pris par la nuit tombante, nous interrompîmes, refaisant à l'inverse notre parcours dans l'obscurité, glissant, trébuchant, cernés par ce silence onctueux des forêts que seul troublait notre dévalement hasardeux ou, quelquefois, dans la profondeur nous environnant, la gifle d'un envol, une faufilade serpentine; la nappe de froid mince perlant sur nous, nous saisissant, fine et flottante — jusqu'à l'éclaircissement des arbres, précédant de peu la sortie sur les terres, d'où nous aperçûmes les quelques lumières du village; ralentissant alors le pas, peut-être rassurés, soulagés, mais aussi étreints encore par l'envoûtement, et tous deux silencieux durant la brève distance qui nous séparait de la maison — elle, laissant dans la mienne sa main que, par prudence, j'avais prise à un moment difficile de notre retour.

Je n'ai pas éclairé dans la maison.

Je l'ai accompagnée. Nous avons monté les deux étages jusqu'à sa chambre en nous guidant à la rampe. Je suis redescendu dans mon bureau.

Elle m'a embrassé la main. Je n'aime pas ce geste.

A l'endroit où nous avons rebroussé chemin, la nuit venant, j'ai pensé à la vieille femme en noir.

Pourquoi s'être stupidement aventuré dans la forêt, une enfant à sa remorque ? Je savais que la nuit nous surprendrait.

J'ai aimé son geste.

44

Insaisissable, torturant éclat de jeunesse.

45

Elle a, par instants, par éclairs, de troublantes profondeurs du regard.

Ses yeux sont très noirs.

Sensibilité inquiète de son petit visage pensif.

Sa façon de croiser les mains devant sa bouche.

Si elle s'aperçoit qu'on l'observe, elle rougit.

O vernalis rosula.

46

Visage levé, bouche ouverte, offert à la pluie qui l'inonde. Les gouttes frappent le front, les joues, les épaules, les bras nus dans la robe, se suspendent, ruissellent le long du cou, s'étoilent en s'écrasant sur le décolleté de la poitrine.

Au bout des bras écartés, les paumes creuses recueillent de cette eau abondante, tandis que les lèvres s'essaient à la happer.

Aspersion. Rose suave. Précieux Sang. *Fons-signatus*. (Où êtes-vous, multitude des Anges ?)

Le regard vif, joyeux et secret.

(O ! pourquoi n'avons-nous plus ta pureté ?)

Gracilité de la silhouette frêle immobilisée dans l'ombre du jardin.

Blancheur de la robe qui la vêt.

C'est le calme matin. C'est le jour. C'est l'occlusion de la nuit. Elle est là.

J'entretiens un silence.

47

Voilà que ce jeune homme de la plage fait mine de se familiariser. Nous avons appris de lui qu'il se prénomme Bernard, qu'il a dix-huit ans et demi, qu'il fait ses études, qu'il raffole de la natation, que son père veut qu'il devienne comme lui dentiste, bien que, pour sa part, il ait une préférence pour la médecine, mais le cabinet étant installé et la clientèle acquise, il est plus raisonnable qu'il se rende à l'avis de son père...

Il est de figure agréable; blond, les yeux bleus, sans beaucoup de profondeur ni d'expression. Il ose des sourires timides et ne jette sur ceux auxquels il s'adresse que des regards à la dérobée. Il prononce les s en les sifflant et s'embrouille sitôt que sa parole s'anime. Geneviève a trouvé qu'il a de beaux cheveux. Il a nagé un peu en sa compagnie. C'est un garçon certainement gentil, de bonne éducation, mais fade.

— Souvent, le matin, sur le point de me réveiller, je rêve que je suis déjà levée.

— J'ai fait un beau rêve. Je ne me le rappelle plus, mais je sais qu'il était beau. Je crois qu'il y avait des chevaux.

— Quand j'étais petite, je faisais souvent le même rêve.

— Quand j'étais petite, je me demandais si j'avais rêvé certaines choses ou si elles étaient vraies.

— J'aime me réveiller trop tôt. Je m'enfonce sous les couvertures et je me rendors.

— Je m'imagine que je suis un lapin et que ma chambre est un terrier invisible dans la forêt. Il y a des chasseurs qui me cherchent, je les entends marcher, mais ils ne peuvent pas me trouver.

— Je m'étends sur le dos, toute droite, je fais comme si j'étais morte. C'est triste. Et puis, je ressuscite.

— En me réveillant, ici, je pense que vous êtes tous dans la maison, que je vais vous revoir, et je suis contente.

— Il y a un oiseau qui commence à chanter quand je me lève. Il est dans le marronnier.

— Quand j'étais petite, je croyais qu'il y avait plusieurs lunes, que ce n'était pas la même qu'on voyait en changeant d'endroit.

— J'ai faim ! Je crois que je n'ai jamais eu aussi faim !

— Tu as vu ? La grande rose jaune est morte.

— On devrait connaître tous les gens.

— Si on reste longtemps couché dans l'herbe sans bouger, les insectes ne se méfient plus ; ils vous grimpent dessus, ils se baladent bien tranquilles. Les fourmis, surtout.

— Je ne peux pas m'imaginer qu'un jour je serai vieille comme Clémence.

— Quand j'étais petite et que j'étais triste, je mettais ma tête sur mon bras et je l'embrassais. Je le fais encore, mais pas quand je suis triste : quand je suis seule et que je m'ennuie.

— J'aime bien attendre quelque chose que je suis sûre d'avoir.

— Si on fait trois fois de suite le signe de la croix en pensant à quelque chose qu'on veut, on l'a.

— Je suis contente ! contente ! contente !

— Toi, tu es gentil !

— Tous mes grands-parents sont morts, mais il n'y a qu'à maman que je parle. Si papa mourait, je ne sais pas si je lui parlerais.

— Oh ! regarde ! Une plume qui s'envole !

— Il y a des gens qui ont des têtes qui vous font peur.

— Moi, je ne peux pas rester longtemps sans dire quelque chose.

— Si je perdais mon bracelet, je crois que ça me porterait malheur. C'est celui de maman quand elle était petite. Je le touche tout le temps. J'ai tout le temps peur de le perdre.

— On devrait tous mourir en même temps.

— Moi, j'aime ça !

— Il y a des pensées qu'on n'ose dire à personne parce qu'on est sûr qu'on va se moquer de vous.

— J'aime tout ce qui est sucré !

— Quand j'étais petite, je croyais que si j'avais pu monter sur un toit je me serais envolée. C'est parce que je voyais les oiseaux sur le rebord des toits.

— J'aime bien mon nom, Geneviève. C'est maman qui l'a choisi.

— Toi, tu n'es pas comme papa.

— Avant de venir, tu sais, j'avais un peu peur.

— Les garçons sont bêtes.

— Tu sais à quoi je pense ?

— Le soir, c'est toujours un peu triste.

— Avant de m'endormir, je repense à tout ce qu'on a fait dans la journée.

Rose de sang.

48

Dans le moment qu'il mourait, mon père murmura quelque chose d'indistinct.

Sereins étaient ces après-midi d'été de mon enfance. Après le repas de midi, il y avait cette heure engourdie où il semblait que toute la maison et toutes les choses de la maison fussent en léthargie, comme il est dit dans les légendes de ces châteaux enchantés qui somnolent depuis des siècles, oubliés du monde dans un coin de forêt.

L'odeur de l'herbe sèche était répandue dans les pièces. Le bois de la rampe et des marches d'escalier était chaud, d'une chaleur qui rappelait celle des animaux. L'ombre elle-même n'avait aucune fraîcheur. On marchait nu-pieds sur le carrelage. Par la porte vitrée, dans le vestibule, je voyais la bibliothèque de mon père. Des pipes abandonnées sur la table. Son fauteuil Voltaire, dont un jour j'avais, avec des ciseaux, éraflé la tapisserie du dossier. C'était une pièce où j'entrais peu souvent et qui me paraissait solennelle parce que mes parents s'y tenaient pour converser ensemble. La montée d'escalier était décorée par un grand tableau représentant une scène de pêche. Lourdement encadré, avec la surcharge de ses macarons, de ses palmes, de ses festons dorés. On ne savait exactement d'où provenait un continuel bourdonnement de mouches. Je me faufilais dans la cuisine ombreuse, et en récompense de mon aide au rangement de la vaisselle qu'elle venait de laver et d'essuyer, Victorine m'offrait un grand verre de cassis frais; chaque fois me recommandant de n'en rien dire à ma mère qui désapprouvait que l'on prît encore quelque chose au sortir de table. Charles était dans la resserre où il disait aller pour s'occuper à la réparation d'un outil, mais on savait qu'il y faisait la sieste. C'est devant le débarras attenant à la cuisine qu'un après-midi d'été ma mère trouva Victorine affaissée sur elle-même, un chiffon dans la main. Appelé, Charles arriva quand elle expirait. Agenouillé auprès d'elle, sa tête ballante sur son bras, il répétait : « Ça alors... ça alors... » En tombant, elle s'était égratigné le nez. Ma mère me fit rapidement m'éloigner de la porte d'où j'avais vu toute la scène.

Viendra l'automne. Cette solitude nouvelle.

Une jupe blanche plissée. Un tricot bleu foncé,

orné à gauche de la poitrine de ses initiales brodées en rouge. Cela lui allait bien. Je le lui ai dit.

Moi... Moi...

49

Le docteur Challes, sa femme et sa fille, sont venus dîner. (Se peut-il que j'aie trouvé à ces gens quelque charme ?)

L'heure s'avançant et le repas traînant en longueur, la bonhomie même du docteur s'effritait en des bribes de propos sans répercussion n'ayant, à la fin, aucun pouvoir sur la monotonie qui s'établissait entre nous autour de la table. Soutenir cette amabilité artificielle qui, peut-être, eût pu redonner un peu d'entrain à la soirée, passait mes forces.

Geneviève avait un gilet de velours côtelé blanc, sans col, et sans manches, que jamais encore je ne lui avais vu. L'ajustement très étroit, le moulé de cette pièce accentuait la fragilité des épaules, la minceur du buste derrière la table. Un large bandeau de velours mauve bridait ses cheveux presque à la limite du front. Elle était ainsi placée par rapport à moi que le fort de l'éclairage arrondissait son visage jusqu'à la moitié de la courbe du menton, là où une demi-ombre s'ébauchait, granitée, se renforçant, s'évasant de la joue à la tempe. Je n'avais pas jusque-là remarqué quels gestes menus, précautionneux, sont les siens en mangeant; la légèreté des doigts à manier le couteau et la fourchette, tenus avec la délicatesse qu'on a pour des objets cassants. (L'ennui était si sensible, nous pesant si fort, que lorsque se rencontraient nos regards nous étions pris par une envie de rire dont, à un moment, je redoutai qu'elle ne la pût réprimer.)

Nos invités partis, nous sommes allés à la cuisine où, à la même cuillère, en présence de Clémence que notre gourmandise amusait, nous avons fini ce qu'il restait dans le plat de glace à la crème.

M. ne donne pas signe de vie.

50

Non, nulle présence ne m'est indispensable.

51

Persistante, insurmontable lassitude. L'esprit en est comme submergé. Usure de l'âme.

Cette pouillerie des sentiments humains, dont pas un n'échappe au grotesque ou au trivial.

La lucidité est un irréparable mal de l'esprit.

C'est à nous-mêmes que nos manquements portent ombrage; en ce qu'ils déséquilibrent la pensée ou troublent la conscience.

Les ténèbres, si proches, prêtes à vous ressaisir...

Jeunesse, qui tire sa force de ce qu'elle n'a le sentiment ni de ses limites, ni des limites mêmes de la vie.

Lorsqu'en soi les sentiments s'entrechoquent.

Tentation.

Incapacité où nous sommes de démêler les motifs profonds qui suscitent et animent nos sentiments.

L'âge, ressenti comme une humiliation.

Comment s'extraire de ce flottement des idées, de ce malaise qui fait que l'on passe d'une lecture intéressant médiocrement à une quelconque tentative sans suite, puis à des réflexions qu'on n'a pas même l'énergie de pousser au bout ?

Cette pleine, cette mutuelle compréhension n'est pas illusoire ! Jamais la moindre discordance. Jamais la moindre désharmonie.

Jeunes visages. Dociles, purs, sages, avec le charme tenace de l'enfance encore proche ; la rondeur des joues, l'éclat du teint, la fraîcheur de la peau, la bouche qui ne sait pas être charnelle et reste comme boudeuse ; un étonnement clair dans le regard, les yeux brillants, la souple épaisseur des cheveux ; la franchise, l'innocente explosion des rires.

Irritant, attendrissant rayonnement de jeunesse.

Je ne suis pas beau.

Ce qui, avant de disparaître, se détériore avec l'âge c'est cette incomparable luminosité du teint, du regard, du sourire, comme une aura secrète émanant de l'être de jeunesse.

Lorsque toute chose sera à sa place. (Que vivre encore ?)

Qu'il ferait bon vivre !

Tout m'excède de ce qui n'est pas mon unique pensée.

52

L'absence, même brève est intolérable. *Intolérable.*

Quand il semble que la plus infime parcelle d'attention accordée à d'autres qu'à soi vous est une frustration. Quand il semble que tout autre que soi incarne une possible corruption. Quand seule vous pourrait satisfaire une commune claustration.

L'esprit, désemparé, occupé d'un seul objet ; la personne tout entière plongée dans une molle indifférence qui frôle la prostration.

Cet impossible. Ce goût de mort.

Il faut soi-même créer la rupture. (Mais que n'a-t-on pas fait pour se l'attacher !)

Je me lèverai, j'irai vers mon père, et je lui dirai : Mon père, j'ai péché contre le ciel et contre toi, je ne suis plus ton fils.

53

Souplesse charnelle du tissu de la robe, à la fois ample et ajustée. Un certain abandon nonchalant dans la façon gracieuse de laisser le bras allongé sur le dossier du siège où l'on est assis. Une flexibilité du corps. L'arrondi de la main autour du genou lorsque les jambes sont croisées. Le tricot qu'on tire sur les hanches, en se dressant. La tête inclinée d'un côté, puis de l'autre en vous écoutant parler. Une mèche de cheveux distraitement entortillée sur le doigt, ou qu'on ramène, pour la mordiller, jusqu'à la bouche.

Que le bureau ne soit plus cette serre où l'on se confine, où se passent la plupart des heures de la journée qui ne sont pas consacrées à la promenade; où l'on se coupe, où l'on s'abrite du monde.

Il faut soi-même désirer et forcer la rupture.

54

Geneviève.

La sainte, se rendant en pèlerinage à Saint-Denis, le cierge qu'elle portait fut éteint par le souffle du diable. Un ange le ralluma.

Elle rendit la vue aux aveugles.

Protectrice de la Cité, l'emblème des Clefs, de l'accession aux Petits et aux Grands Mystères, est attaché à son nom et à sa personne. Elle est celle qui dispose de la clarté et de l'obscuration, qu'elle peut à sa guise dispenser, ayant en son pouvoir d'ouvrir et de fermer les portes.

Elle était bergère.

Elle veillait sur l'agneau.

Elle filait la laine.

Saint Germain lui passa au cou une médaille.

Elle est la nourriture, elle qui entoura de soins le peuple pendant une famine.

L'ayant frappée, sa mère devint aveugle. Elle lui redonna la lumière en aspergeant ses yeux avec l'eau d'un puits.

Elle voua à Dieu sa virginité.

55

Il ne faut pas non plus manquer de considérer les grossissements de l'imagination. Car enfin...

56

J'ai quarante-deux ans.

Le serpent était lové, endormi au soleil sur le chemin de rocaille qui conduit à la chapelle. Geneviève l'a vu avant moi et a crié, me retenant d'avancer. C'était une petite vipère. Alertée, nous voyant à quelques centimètres d'elle, au lieu de s'enfuir elle s'est dressée, nous faisant face, activant vers nous le fil crochu de sa langue, menaçante.

Geneviève n'avait jamais vu de serpent. Elle n'ôtait pas de dessus mon bras sa main qui m'avait prévenu du danger.

Le mouvement que je fis en ramassant une pierre effaroucha la bête, vite disparue dans les broussailles du fossé.

57

Quand elle réfléchit, elle mord sa lèvre inférieure.

Elle exprime exagérément son ennui, son déplaisir ou son dégoût en faisant une moue écœurée et en fronçant le nez.

Si elle n'a pas sur le coup compris votre pensée, elle vous fixe attentivement.

Pensive, elle appuie le bout de son index sous la pointe de son nez, qu'elle tient ainsi retroussée.

Elle a un grand sérieux pour ne dire qu'une chose insignifiante.

Lorsqu'elle se sait regardée, malgré elle, elle outre ses attitudes.

La sensibilité qui se dégage de ce visage m'est une cause d'émotion vive.

Nous sommes allongés l'un près de l'autre sur l'herbe dans le jardin. Adrien vient à passer. Il nous voit. Il me regarde droit dans les yeux et poursuit son chemin.

Ce regard m'a gêné. Je me suis mis debout, de

façon à être vu de lui, qui piochait près de là. J'ai invité Geneviève à rentrer.

Dans le bureau, elle m'a demandé pourquoi nous n'étions pas restés dehors. Je lui ai rétorqué sèchement que rien ne l'empêchait d'y retourner. Cette humeur soudaine l'a choquée. Elle s'est tue, a pris un livre et s'est assise sur le canapé. J'ai feuilleté les paperasses sur mon bureau. J'ai fait semblant de m'absorber dans des notes. Déroutée, elle m'a proposé de me laisser. J'ai acquiescé avec empressement.

— C'est votre petite nièce? m'a demandé Thieboz.

— Non, ma filleule.

— Ah? (Il avait l'air de ne pas savoir très bien à quoi répond cette filiation.) Je croyais que c'était une nièce...

— Non.

— En tout cas, elle a l'air de bien vous aimer.

(Que cet homme me dise cela, platement, m'était insupportable.)

Elle ne va plus que rarement bavarder avec Clémence chez elle et ne s'attarde guère à la compagnie d'Adrien, comme elle faisait au début; sans, cependant, que j'y aie trouvé rien à redire.

Je lui ai appris les noms des neuf chœurs d'anges, qu'elle ignorait. Les Séraphins, les Chérubins, les Trônes, les Dominations, les Vertus, les Puissances, les Principautés, les Archanges, les Anges, auxquels, autrefois, la légende attribuait des ailes en plumes de paon.

58

Elle a de jolies mains.

59

L'insensé met dehors toute sa passion,
Mais le sage la contient.

Ah! ceci, ceci que, peut-être, elle a dit à la légère, sans y trop réfléchir, mais qui m'est allé au cœur (qui m'est entré dans le cœur) :

— Tu m'apprends tout.

Geneviève.

Boaz dit à Ruth : Ecoute, ma fille, ne va pas glaner dans un autre champ; ne t'éloigne pas d'ici, et reste avec mes servantes.

Car, ne doit-on pas se résoudre à s'accepter soi-même?

60

Dieu.

Paul, aux Romains : « Si vous vivez selon la chair, vous mourrez... »

Injurie-toi, injurie-toi, ô mon âme !

Le regret est pour l'inaccompli. Il faut au remords l'acte qui l'engendre.

... mais je ne puis rien qu'en esprit.

Si l'heure n'est plus à guérir la plaie, c'est donc qu'elle est à subir sa douleur.

Tant de choses ratées. Et, au cœur, ce disponible embrasement de jeunesse, qui jamais n'a eu de destination.

Je suis pareil à l'homme qui ne sait pas que son ami est mort et qui marche, confiant, vers le lieu de leur rendez-vous ; assuré de voir bientôt paraître devant lui celui vers lequel il accourt, dont il ne souhaite rien tant que la rencontre, qui sera étreinte, joie et repos. Cependant : sa course est vaine, mais le pressentirait-il que, néanmoins, il ferait en sorte de chasser de lui-même cette pensée de désolation.

... c'est la puissance du flot, qui entraîne tout dans son sens. Qui serait assez téméraire pour oser s'opposer à son courant ?

61

Bouche sage. Bouche aux douceurs en promesse. Pureté qui tient à la candeur irradiante de l'extrême jeunesse que teinte, la renforçant, le charme trouble d'une sensualité qui ne se connaît pas encore. Quelles tendresses aurait-on pour l'approcher ! Quelle presque dévotion !

Pénitent, je me mets à tes genoux, ô Immaculée ; je te consacre aujourd'hui mes yeux, mes oreilles, ma bouche, mon cœur et tout de moi-même.

Rosier sans épines. Pourpre jaillissante du Fleuve Noir. Je suis l'émigrant à la poursuite de ta lumière.

Sans cesse à mes côtés s'agite le Démon.

Mais viendra la séparation.

Je serai seul. Je me griserai, je me repaîtrai à cette solitude, enseveli en elle. Je m'y aveuglerai.

ECCE VIRGO

62

Il y aura, liés dans le souvenir à des gestes, à des attitudes, à une façon de prononcer un mot, ou de rire, ou de se taire, ou d'adresser un regard, toute cette beauté d'herbe, de forêts, de champs verts, de fleurs, de lumière, de soleil, de nuages torturés ; tel aspect du paysage, à un certain endroit, à une certaine heure de la journée, sous un certain éclairage ; telle forme de bouquet, telle atmosphère dans la maison...

Cela —, qui n'existera que pour moi seul, qui me prépare à l'adieu.

63

L'élancée de la jambe, tendue, jaillie de la robe.

Geneviève.

A qui cette grâce ira-t-elle ? A qui sera-t-elle volontairement offerte ?

Tout de ce ravissement qu'on soutire, qu'on dérobe comme en fraude, est entaché de mélancolie.

Peser sur une âme.

... bien sûr, c'est à la séduction du périssable que je mords — et me délecte de mordre.

Et de quel secret plaisir t'ai-je fait l'objet qui l'alimente !

Je n'emprunterai pas tel chemin à travers champs sans me rappeler que nous y vîmes au travail une jeune paysanne en blouse longue, la croisure haut déboutonnée fendue sur sa cuisse nue; et que tu souris en remarquant que je la regardais.

Elle se ronge l'ongle du pouce droit.

J'aurais aimé te voir dormir.

Imprécise, indéfinissable angoisse qui commande à une tristesse latente.

La torture! la torture que de désirer ardemment, sachant que l'on n'obtiendra pas.

Clémence, l'œil sur moi, tandis qu'elle met nos deux couverts et que je feuillette un livre en attendant que Geneviève descende de sa chambre :

— C'est quelqu'un qui va bien nous manquer, quand elle sera partie...

Je ne réponds pas. Elle arrange les serviettes sur les assiettes :

— Je le disais à Adrien : monsieur s'est bien habitué à elle. Ça va lui faire un vide...

Interdite par mon mutisme :

— Bon ! j'ai encore oublié l'eau. J'y vais.

Elle se sauve comme une fautive.

J'aurais dû répondre. Être naturel. Qu'ai-je à me soucier d'eux !

64

Vous ! vous tous ! qui n'êtes rien, rien ! — que cent fois je lui sacrifierais !

65

Alors, survient la détresse, qui engloutit.

En entrant dans ma chambre, j'ai senti, avec un extraordinaire détachement, combien il me serait facile de disparaître. Ce simple, ce seul geste.

Tomber. N'être plus.

Sans lui en rien dire, j'ai arrêté qu'avant son départ nous irions ensemble prier dans cette chapelle de montagne.

Geneviève.

66

Geneviève.

67

Éclat argenté de la lumière, qui provient d'un soleil étouffé par l'épaisseur des nuages. Les fleurs subissent cette autre coloration qu'elles auront pendant l'automne.

C'est mourir qu'il faudrait. Paisiblement. Sans heurts. Comme par écoulement.

Nous avons parcouru le jardin et fait le tour de la maison. Un orage se préparait sur la montagne. Elle a voulu écouter de la musique.

Il y aura eu cet instant où, silencieux l'un près de l'autre, nous n'étions rien que deux âmes. (Je ne quittais pas des yeux ton visage, et tu te laissais contempler.)

68

— Moi aussi je suis triste, dit-elle.

69

Demain, nous irons prier.

Quel déchirement, qu'elle ne peut supposer, dans l'innocence de sa parole :

— Si tu me veux, je reviendrai.

70

Soufflant par vagues en tous sens, on eût dit que le vent s'acharnait contre elle; ébouriffant ses cheveux, plaquant sur son corps l'étoffe mince de la robe, l'enveloppant, la cinglant, fouettée, de tous côtés assaillie et peinant à chaque pas sous cette violence tourbillonnante que favorisait la nudité du plateau dominant le lac où nous étions parvenus.

Je lui laissai prendre sur moi quelque avance, afin de l'observer mieux : silhouette fragile dans cet espace vide autour de nous, dans cette sauvagerie hostile du paysage rocheux; bataillant, enfonçant devant elle une résistance invisible.

Elle se retourna, les mains tendues vers moi : griffonné par les cheveux rabattus, le visage exhalait une joie libre, primitive.

Comme adossée aux rafales, elle cria quelque chose que le vent emporta. Je pris le temps de me pénétrer de cet instant, de cette image d'elle à jamais inscrite dans ma mémoire.

A l'abri d'un rocher, longtemps nous contemplâmes au-dessous de nous le village, la route, l'étendue du lac.

Accroupie un peu en avant de moi, qui demeurais debout, alors me vint, confus, le souvenir de cette scène, retenue, peut-être, d'une gravure, où la calme vigilance du berger protège le repos de la brebis endormie à ses pieds.

D'un geste que je ne pus m'interdire, je portai sur sa tête ma main, d'abord légèrement, puis l'y appesantissant. Elle ne bougea pas.

71

Comme pour l'accomplissement d'un rite, une consécration nocturne, j'ai attendu que la pénombre du soir fût dans le bureau assez dense. Je me suis approché d'elle et lui ai passé au cou le collier de petites perles qui appartenait à ma mère.

Elle a retenu mes mains, qu'elle a embrassées :

— Je le porterai toujours.

72

Je suis à mon bien-aimé, et mon bien-aimé est à moi;
Il fait paître son troupeau parmi les lis.

DU MÊME AUTEUR

Récits

REQUIEM DES INNOCENTS, 1952, 1994, *Julliard.*

PARTAGE DES VIVANTS, 1953, *Julliard.*

SEPTENTRION, 1963, *Tchou.* 1984, *Denoël.* Collection Folio, 1990.

NO MAN'S LAND, 1963, *Julliard.*

SATORI, 1968, *Denoël.*

ROSA MYSTICA, 1968, *Denoël.* Collection Folio, 1996.

PORTRAIT DE L'ENFANT, 1969, *Denoël.*

HINTERLAND, 1971, *Denoël.*

LIMITROPHE, 1972, *Denoël.*

LA VIE PARALLÈLE, 1974, *Denoël.*

ÉPISODES DE LA VIE DES MANTES RELIGIEUSES, 1976, *Denoël.*

CAMPAGNES, 1979, *Denoël.*

ÉBAUCHE D'UN AUTOPORTRAIT, 1983, *Denoël.*

PROMENADE DANS UN PARC, 1987, *Denoël.*

L'INCARNATION, 1987, *Denoël.*

MEMENTO MORI, 1988, *L'Arpenteur-Gallimard.*

LA MÉCANIQUE DES FEMMES, 1992, *L'Arpenteur-Gallimard*, Collection Folio, 1994.

C'EST LA GUERRE, 1993, *L'Arpenteur-Gallimard.* Collection Folio, 1996.

L'HOMME VIVANT, 1994, *L'Arpenteur-Gallimard.*

LE MONOLOGUE, 1996, *L'Arpenteur-Gallimard.*

Poésie

RAG-TIME, 1972, *Denoël*. Collection Folio, 1996.

PARAPHE, 1974, *Denoël*.

LONDONIENNES, couverture de Jacques Truphémus, 1985, *Éd. Le Tout sur le Tout*, Paris.

DÉCALCOMANIES, lithographie de Pierre Ardouvin, 1987, *Éd. Grande Nature*, Verchany.

A.B.C.D., ENFANTINES, illustrations de Jacques Truphémus, 1987, *Éd. Bellefontaine*, Lausanne.

NUIT CLOSE, 1988, *Éd. Fourbis*, Paris.

TÉLÉGRAMMES DE NUIT, lithographies de Catherine Seghers, 1989, *Éd. Hesse* et *Tarabuste*.

DANSE DÉCOUPAGE, illustrations de Philippe Cognée, 1989, *Éd. Tarabuste*, Saint-Benoît-du-Sault.

HAÏKAÏ DU JARDIN, 1991, *L'Arpenteur-Gallimard*.

FAIRE-PART, illustrations de l'auteur, 1991, *Éd. Deyrolle*, Paris.

SILEX (in RAG-TIME), illustrations de Jacques Truphémus, 1991, *Éd. Les Sillons du Temps*, Menthon-Saint-Bernard.

FRUITS, illustrations de l'auteur, 1992, *Éd. Hesse*, Saint-Claude-de-Diray.

L'ARBRE À SANGLOTS, gravure de l'auteur, 1993, *Atelier d'Art Vincent Rougier*, Ivry-sur-Seine.

LES MÉTAMORPHOSES DU REVOLVER, illustrations de Franck Na, 1993, *Éd. Vestige*, Saint-Montan.

BILBOQUET, couverture de l'auteur, 1993, *L'Arbre à Lettres*, Paris.

PETIT DICTIONNAIRE À MANIVELLE, illustrations de l'auteur, 1993, *L'Œil de la Lettre*, Paris.

NATIVITÉ, illustrations de Lise-Marie Brochen, Christine Crozat, Claire Lesteven, Frédérique Lucien, Kate van Houten, Marie-Laure Viale, 1994, *Éd. Tarabuste*, Saint-Benoît-du-Sault.

TON NOM EST SEXE, illustrations de Denis Poupeville, 1994, *Éd. Les Autodidactes.*

BAZAR NARCOTIQUE, suivi de ÉTATS DU SOMMEIL, 1995, *Éd. Tarabuste,* Saint-Benoît-du-Sault.

CERF-VOLANT, suivi de PASSE-BOULES, 1995, *Éd. Tarabuste,* Saint-Benoît-du-Sault.

OUROBOROS, 1995, *Éd. Tarabuste,* Saint-Benoît-du-Sault.

COLIN-MAILLARD, 1995, *Éd. Tarabuste,* Saint-Benoît-du-Sault.

DIABOLO, suivi de CHAT PERCHÉ, 1995, *Éd. Tarabuste,* Saint-Benoît-du-Sault.

VOYAGE STELLAIRE, 1995, *Éd. Tarabuste,* Saint-Benoît-du-Sault.

UNE ALLUMETTE PREND FEU, PISSCHTT, illustrations de l'auteur, 1995, *Éd. Tarabuste,* Saint-Benoît-du-Sault.

NON-LIEU, 1996, *Éd. Tarabuste,* Saint-Benoît-du-Sault.

PILE OU FACE, 1996, *Éd. Tarabuste,* Saint-Benoît-du-Sault.

HAUTE TRAHISON, suivi de BALCON TROPICAL, 1996, *Éd. Tarabuste,* Saint-Benoît-du-Sault.

DROGUERIE DU CIEL, 1996, *Éd. Hesse,* Saint-Claude-de-Diray.

Théâtre

THÉÂTRE COMPLET. Illustrations de Catherine Seghers, *Éd. Hesse,* Saint-Claude-de-Diray.

PIÈCES INTIMISTES (Trafic — Chez les Tich — Les Miettes — Mo — Tu as bien fait de venir, Paul — L'Entonnoir — Les Derniers Devoirs — L'Aquarium), 1993.

PIÈCES BAROQUES I (Mégaphonie — Les Mandibules — L'Amour des mots — Opéra Bleu — Le Roi Victor), 1994.

PIÈCES BAROQUES II (La Bataille de Waterloo — Aux

armes, citoyens! — Le Serment d'Hippocrate — Une souris grise — Un riche, trois pauvres — Les Oiseaux), 1994.

PIÈCES BAROQUES III (Black-out — Les Veufs — Clap — Le Délinquant), 1996.

Essais

LES SABLES DU TEMPS, 1988, *Éd. Le Tout sur le Tout*, Paris.

DROIT DE CITÉ, 1992, *Éd. Manya*. Collection Folio, 1994.

PERSPECTIVES, illustrations de l'auteur, 1995, *Éd. Hesse*, Saint-Claude-de-Diray.

Carnets

LE CHEMIN DE SION (1956-1967), 1980, *Denoël*.

L'OR ET LE PLOMB (1968-1973), 1981, *Denoël*.

LIGNES INTÉRIEURES (1974-1977), 1985, *Denoël*.

LE SPECTATEUR IMMOBILE (1978-1979), 1990, *L'Arpenteur-Gallimard*.

MIROIR DE JANUS (1980-1981), 1993, *L'Arpenteur-Gallimard*.

RAPPORTS (1982), 1996, *L'Arpenteur-Gallimard*.

Entretiens

UNE VIE, UNE DÉFLAGRATION, entretiens avec Patrick Amine, 1985, *Denoël*.

L'AVENTURE INTÉRIEURE, entretiens avec Jean-Pierre Pauty, 1994, *Julliard*.

Composition Euronumérique
et impression Bussière Camedan Imprimeries
à Saint-Amand (Cher), le 3 avril 1996.
Dépôt légal : avril 1996.
Numéro d'imprimeur : 1/751.
ISBN 2-07-040021-2./Imprimé en France.

75562